油畫：「樟」
停留於沼津時所繪
完成於一九一三年
清春白樺美術館

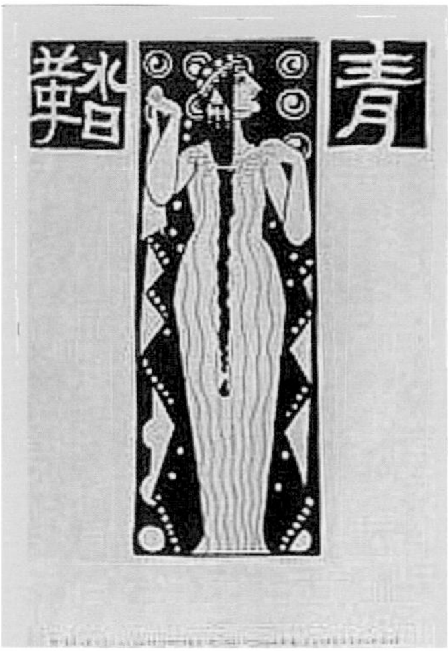

雜誌《青鞜》創刊號
（一九一一年九月）封面設計

油畫：「花」
主題為風信子，完成於二十世紀初期

智惠子作品

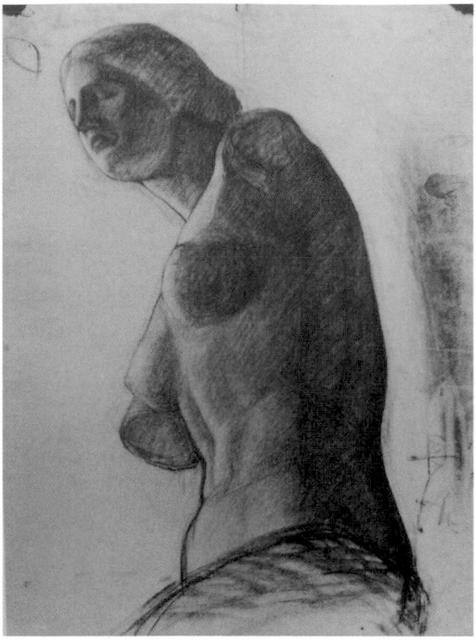

石膏素描
大約完成於一九一四年
太平洋美術會

素描畫　太平洋畫會研究所時
完成於一九〇七至一九一四年之間
太平洋美術會

手部銅像

高村光太郎作品

幡〇〇六　高村光太郎

智恵子抄（ちえこしょう）

倉本知明　訳

目錄

總序 幡：日本近代的文學旗手 楊照 5
導讀 超越平凡愛情的現實力量 楊照 9
譯者序 《智惠子抄》的出版始末 倉本知明 17

智惠子抄 21

給人（我不願意） 23
恐懼 33
某個夜晚的心靈 27
拉洋片歌 39
眼淚 31
某個傍晚 41

貓頭鷹族　45
給郊外的人　49
冬晨的覺醒　53
深夜的雪　57
致某人　61
人類泉水　65
我　們　71
愛的讚嘆　75
晚　宴　79
淫　心　83
樹下的兩人　87
狂奔的牛　91
金　95
鯰　魚　97
夜晚的兩人　99
你越來越漂亮　101
天真無邪的話題　103
同居同類　105
傳遞美的監禁者　107
人生遠視　109
乘風的智惠子　111
與白鴴玩耍的智惠子　113
無人代替的智惠子　115
山麓的兩人　117
某一天的日記　119
檸檬哀歌　121
獻給已故的人　123
梅　酒　125
荒涼的回家　127
松庵寺　129
報　告（給智惠子）　131
噴霧式的夢　133

如果智惠子…… 135
元素智惠子 137
Métropole 139
裸　形 141
介　紹 143
那時候 145
暴風雪夜的獨白 147
和智惠子玩樂 149
報　告 151
短歌六首 153

附錄
智惠子的半生 157
九十九里濱的初夏 181
智惠子的剪紙畫 185
日本詩歌的特質 189
高村光太郎年表 205
日本近代文學大事記 209
作者簡介 221

總序

幡：日本近代的文學旗手

楊照

認識日本的近代文學，一定會提到夏目漱石。夏目漱石在一九〇〇年到英國留學，一九〇三年才回到日本。具備當時極為少見的留學資歷，夏目漱石一回到日本就受到文壇的特別重視。在成為小說創作者之前，夏目漱石已經先以評論者的身分嶄露頭角，取得一定地位。

一九〇七年夏目漱石出版了《文學論》，書中序文用帶有戲劇性誇張意味的方式如此宣告：

……我決心要認真解釋「什麼是文學？」，而且有了不惜花一年多時間投入這個問題的第一階段研究想法。（在這第一階段中，）我住在租來的地方，閉門不出，將手上擁有的所有文學書籍全都收藏起來。我相信，藉由閱讀文學書籍來理解文學，就好像以血洗血一樣（，絕對無法達成目的）。我發誓要窮究文學在心理上的必要性，為何誕生、發達乃至荒廢。我發誓要窮究文學在社會上的必要性，為何存在、興盛乃至衰亡。

這段話在相當意義上呈現了日本近代文學的特質。首先，文學不再是消遣，不再是文人的休閒娛樂，而是一件既關乎個人存在、也關乎社會集體運作的重要大事。因為文學如此重要，所以也就必須相應地以最嚴肅、最認真的態度來看待文學，從事一切與文學有關的活動。

其次，文學不是一個封閉的領域，要徹底了解文學，就必須在文學之外探求。文學源於人的根本心理要求，也源於社會集體的溝通衝動。弔詭地，以文學論文學，反而無法真正掌握文學的真義。

夏目漱石之所以突出強調這樣的文學意念，事實上，他之所以覺得應該花大力氣去研究並書寫《文學論》，是因為當時日本的文壇正處於「自然主義」和「浪漫主義」兩派熱火交鋒的狀態，雙方尖銳對立，勢不兩立。夏目漱石不想加入任何一方，更重要的，他不相信、不接受那樣刻意強調彼此差異的戰鬥形式，於是他想繞過「自然主義」及「浪漫主義」，從更根本的源頭上弄清楚「文學是什麼」。

日本近代文學由此開端。從十九、二十世紀之交，到一九八〇年左右，這條浩浩蕩蕩的文學大河，呈現了清楚的獨特風景。在這裡，文學的創作與文學的理念，或者更普遍地說，理論與作品，有著密不可分的交纏。幾乎每一部重要的作品，背後都有深刻的思想或主張；幾乎每一位重要的作家，都覺得有責任整理、提供獨特的創作道理。在這裡，作者的自我意識高度發達，無論在理論或作品上，他們都一方面認真尋索自我在世界中的位置，另一方面認真提供他們從這自我位置上所瞻見的世界圖像。

每個作者、甚至是每部作品，於是都像是高高舉起了鮮明的旗幟，在風中招搖擺盪。這一張張自信炫示的旗幟，構成了日本近代文學最迷人的景象。

針對日本近代文學的個性，我們提出了相應的閱讀計畫。依循三個標準，精選出納入書系中的作品：第一，作品具備當下閱讀的趣味與相關性；第二，作品背後反映了特殊的心理與社會風貌；第三，作品帶有日本近代文學史上的思想、理論代表性。也就是，書系中的每一部作品都樹建一杆可以清楚辨認的心理與社會旗幟，讓讀者在閱讀中不只可以藉此逐漸鋪畫出日本文學的歷史地圖，也能夠藉此定位自己人生中的個體與集體方向。

導讀

超越平凡愛情的現實力量

文／楊照

高村光太郎的《智惠子抄》是日本近代文學史上最暢銷又最長銷的情詩，有好幾代的日本人都對高村光太郎和他的妻子「智惠子」的故事耳熟能詳，視之為愛情的典範。

《智惠子抄》是一本詩集，自從一九四一年出版之後，就引發了一連串的改編潮，有將詩運用在歌曲裡的，有受詩啟發而寫的音樂作品，也有舞台劇、廣播劇、電視劇、電影，甚至還有改編成日本傳統能樂演出的。很特別的，有一九五七年佐藤春夫改寫的《小說智惠子抄》，導演熊谷久虎以此為底本，拍了電影「智惠子抄」，由因常演小津安二郎電影女主角而為許多台灣觀眾熟識的原節子擔綱。十年之後，又有當時創作力正旺的導演中村登拍攝的新版本，片中飾演高村光太郎的是丹波哲郎，飾演智惠子的則是岩下志麻。這部電影票房更好，成就也更高，獲得了美國奧斯卡金像獎的最佳外語片提名。

在日本如此受重視的作品，在中文世界卻相對反應冷淡，一直到近年才有了簡體譯本《智惠子抄：我不能接受，你將要遠去》、《檸檬哀歌》，至於台灣的繁體譯本，又要到現在，才由麥田的「幡系列」安排出版。

除了日文詩集長期以來較少被引介翻譯的因素之外，對於《智惠子抄》的冷落和這本書的出版背景也有相當關係。這本書收錄的是高村光太郎從一九一一年到一九四一年之間，為智惠子所寫的詩作，而一九三八年智惠子去世，是引動高村光太郎積極編撰詩集最明確的動機。

然而那是戰爭期間，與《智惠子抄》編撰出版同時期，高村光太郎寫了很多讚頌戰爭的作品，還在一九四二年獲得了「第一屆帝國藝術院獎」，也就理所當然成了支持軍國主義的代表性作家。雖然他在戰後曾經反省、批判自己的這些作品，並且迅速改變了風格，交出新的代表作《典型》，不過顯然這樣的背景使得他較難克服中文讀書界的反感抗拒。

表達深情懷念的《智惠子抄》在戰爭中出版，其影響一直延續到戰後，這個時間點對於日本社會接受、擁抱這本詩集，有著密切的關係。多少人在戰爭中失去了至親，當然需要抒發表達失落、痛苦、懷念之情，然而原先在軍國主義威權統治下，後來在美軍占領之下，卻都不能明白地碰觸因為戰爭、因為大轟炸製造的人間悲哀。智惠子並不是死於戰場或轟炸，得以避開了這樣的禁忌，於是高村光太郎為死去妻子的深情文學塑像，就取得了高度的代表性，象徵著、代表著千千萬萬離開世間卻還活在記憶中的人。

當然，《智惠子抄》的獨特性不只於此。首先，高村光太郎是位藝術家，而且是自覺抱持著浪漫藝術家信念的人。他出身在東京（江戶）的文化世家，是知名雕刻家高村光雲的長子，早早就被認定要繼承父親的文化衣缽，不只是順利進入了東京美術學校雕刻科就讀，而且透過父親的影響力，二十歲出頭就預訂了回到母校任教的職位；只要等他到海外留學，開拓視野並取得更高的學歷。一九〇六年，他帶著父親給的兩千圓資費啟程，先是前往紐約，然後轉到倫敦及巴黎，一共在外面待了三年。幸或不幸，這三年海外經驗，真的徹底改造了他的藝術眼光，以及他的藝術家自我認知。於是回到日本之後，他對於日本藝術界的種種觀念與做法，有了越來越強烈的不滿，進而就產生了和父親之間日漸嚴重的衝突。

以他從西方社會浸染得來的浪漫藝術家立場來看，有父親所代表的這些人，雖然從事藝術工作，卻不能算是藝術家。因為他們從日常到創作，都太考慮世故人情，沒有一種超絕的追求。更讓他受不了的，是學校的體制約束，和他心目中的藝術生活相去甚遠。

於是弔詭地，父親是藝術家，不會反對他從事藝術工作，非但沒有因此避免代溝差異，反而使得兩人關係更加緊張。找好了到美術學校的工作，也反而讓他更無法接受這樣的安排。終於導致父子決裂，光太郎放棄繼承家產，也放棄了到美術學校任教，帶著濃厚的悲劇自覺，尋求更符合理想中的藝術家生涯。而原姓長沼的智惠子，在這樣的衝突轉折中，占有關鍵的地位。

智惠子出生於一八八六年，一九一四年二十八歲時，和高村光太郎結婚，到了一九二九年四十三歲時，開始出現了精神異常的症狀，一九三二年一度服食安眠藥企圖自殺，被救回來後進行了各種治療，到一九三四年，罹患了精神分裂症的她不得不到九十九里濱調養，四年後去世。

或許是特殊的精神構造使然吧，智惠子從年輕時便顯現出一種和一般生活的迷離距離，她不太在乎世俗的眼光，更不覺得需要依循「正常」的軌道行事。她那種既天真又叛逆的態度，吸引了高村光太郎；她和光太郎展開了大膽、獨立判斷的交往關係，又更進一步促使光太郎和父親、家人乃至社會齟齬不合。

智惠子的天真與叛逆和光太郎如此相似，但在另一方面，她又和光太郎天差地別。光太郎是「城市之子」，一生在東京長大、生活，僅有的鄉間、田野經驗是在戰爭末期，為躲避空襲而疏散到宮澤賢治的家鄉岩手縣花卷市，住在宮澤賢治弟弟的家裡。相對地，智惠子卻一直維持著「鄉下人」的習慣與意識，無法適應都市：

她渴望新鮮透明的大自然終生都沒有改變。智惠子住在東京時，用了很多方法嘗試滿足內心的渴望。她不厭其煩地看著住家周遭雜草寫生，以植物學的角度研究這些雜草，在凸窗上種植百合、番茄，生吃蔬菜，沉迷於貝多芬第六交響曲（田園）唱片等等，都是為了滿足這股渴望的變形。這件事貫穿了她的半生，內心卻無法表現的痛楚，恐怕遠超出我的想像。在最後一天，智惠子死前的幾小時，她握著我帶去的黃檸檬時顯露的喜悅，也是和這股渴望有關吧！她咬下那顆檸檬，那股清爽的香味和汁液彷彿洗滌了她的身心。

如此無法適應都市生活的智惠子，找不到完成實現藝術創作夢想的突破點，終究只能停留在不斷失敗的嘗試階段，應該也就更惡化了她的精神問題吧！另一方面，高村光太郎的情況也沒有好到哪裡去，失去了家庭的資助，他在創作與生活上，都遭遇極多問題，長期處於艱難掙扎的狀況中。

或許也正就是這樣，讓《智惠子抄》的內容格外難得、格外感人。因為書中記錄的，不是一時的衝動激情，是半生的相伴恩義。而且高村光太郎不是在優渥有餘裕的生活中寫下這些詩作，而是一邊忍受著各種波折動盪，一邊卻始終維持著和智惠子相知相愛的真摯感受。

詩中一貫有著淡淡的憂鬱，來自現實的種種艱難，然而從來不會陷入抱怨、絕望的情緒。從兩人婚前交往一直到記錄智惠子發病、自殺到去世，高村光太郎在詩中始終保持了深濃的愛意，依傍著不懈的好奇心，明明是身邊日夕相處的人，卻彷彿不斷散發出種種新奇訊息，不斷給予發現的驚奇，如此維繫了他對於智惠子的長期注意力。

真實經歷過愛情、經歷過婚姻的人，誰能不對這樣的注意力動容呢？考驗愛情、婚姻最可怕的冷淡、平庸、無聊、厭煩之感，竟然被高村光太郎如此理所當然地克服超越了。這也應該部分解釋了《智惠子抄》暢銷、長銷的現象——因為這不是一本寫給帶有愛情夢幻憧憬的讀者的情詩，毋寧是為了那些更多更普遍存在的，不知道還能如何相信愛情、維護愛情、抗拒愛情消逝的人們所寫的情詩。

譯者序

《智惠子抄》的出版始末

倉本知明（文藻外語大學日本語文系助理教授）

本書以新潮文庫版的高村光太郎《智惠子抄》為底本，詩歌部分由倉本知明，散文部分由張筱森及劉怡臻分別進行翻譯。

《智惠子抄》問世於一九四一年八月，當時日本發動的侵華戰爭已陷入泥坑的狀態，日本軍部策畫偷襲珍珠港，企圖打破長期僵持的局面。在前景黯淡的時代中，高村光太郎的純愛詩打動不少日本讀者的心，二戰結束後，其作被改寫為小說、舞台劇，也翻拍成電影、連續劇，甚至長期刊登於教科書。

從二戰至今，《智惠子抄》出版過許多不同版本。首先是龍星閣出版的《智惠子抄》，後來是白玉書房的版本（一九四七年），還收錄戰後創作的兩首詩（〈松庵寺〉、〈報告〉），接下來就是新潮文庫出版，由詩人草野心平編輯的版本（一九五六年）。除此之外，還有十幾個不同版本的《智惠子抄》，皆以新潮文庫版為底本，內容大同小異。二〇一六年，新潮文庫的《智惠子抄》已累計一百二十七刷，對出版社而言，《智惠子抄》是暢銷書。

龍星閣版的《智惠子抄》收錄二十九首詩、六首短歌、三篇散文，新潮文庫版的《智惠子抄》則收錄四十二首詩、六首短歌、三篇散文，再收錄編者草野心平所寫的散文。新潮文庫版因受到「要網羅有關智惠子的一切作品」之編者意圖，甚至光太郎本想刪掉的作品（如：〈眼淚〉、〈拉洋片歌〉、〈淫心〉等）亦全數收錄於詩集。龍星閣試探出版《智惠子抄》意向時，光太郎彷彿雕刻木像一般（他本來是雕刻家），在編輯蒐集有關智惠子的作品中刻掉多餘之作，完成他的《智惠子抄》。光太郎雖以「不准把木屑夾進去」之原則取捨作品，但在他死後，各出版社則按各自的編輯方針，將不少「木屑」夾進作品中。

為詩集命名之際，龍星閣的編輯向光太郎提議《詩集　智惠子》，光太郎卻立即回應，認為應當取名為《智惠子抄》。光太郎要將他回憶中的智惠子「抄」起來，要刻成他所理想中的智惠子，但他「抄」起來的智惠子，便是他想要給讀者見識的「天真無邪」的智惠子（或愛上智惠子的自己的雕像），而不是真實的智惠子。*

一九五六年，在光太郎病逝後，龍星閣的編輯提起訴訟，主張《智惠子抄》是由他主動「創造」的詩集，版權屬於他個人。他主張詩集問世並不是詩人個人的成績，而是取捨作品的編輯功勞。經過三十年以上的訴訟過程，日本最高法院終於宣布版權屬於光太郎本人，原告敗訴。他的訴訟引起一項爭議：經第三者進行改編的詩集，版權究竟屬於何者？尤其是出版過程中介入譯者（而非單一譯者），作品的著作權（也可以說主體性）更加複雜。即便使用同一張樂譜，每位歌手唱出來的聲音還是不一樣。

---

* 編按：為使讀者充分理解高村光太郎與智惠子的創作動機，本書收錄選自高村光太郎《道程》、《智惠子抄》的詩作，以及高村光太郎緬懷智惠子逝世與兩人戀愛記憶的三篇散文：〈智惠子的半生〉、〈九十九里濱的初夏〉、〈智惠子的剪紙畫〉，以及高村光太郎逝世前，最後一篇重要文藝評論〈日本詩歌的特質〉，並於書前插頁收錄兩人藝術作品。

這次麥田出版的《智惠子抄》，經過編輯的考量後，重新整理出此次的繁體中文版，以新的面貌呈現，讓原本就有眾多版本的《智惠子抄》更加豐富了。期盼台灣讀者藉由此部詩集，有機會接觸不同風格的日本近代詩。

智惠子抄
ちえこしょう

給　人（我不願意）

我不願意
不願意你離開我——

就像結果比開花早
就像發芽比種子早
夏天跳到春天似
請你不要做
這種不合情理的舉止
想到方形的丈夫與
寫圓字的你
害我毫無緣故地哭泣
彷彿小鳥般怯懦的你

彷彿大風般自私的你
居然要出嫁了

我不願意
不願意你離開我

怎麼這麼容易
該如何說才好呢——總之
竟然想要把自己的靈魂賣給別人
是的，你是要出賣自己的靈魂
從一人的世界
淪於萬人的世界
然後輸給男人
毫無意義地輸掉

啊，何等醜惡的事呀
就像是
提齊安諾[1]描繪的繪畫
到鶴卷町[2]買東西一樣
雖然不是想說
我感到寂寞　悲哀
彷彿在凝視你曾經送我的
那朵大岩桐[3]的
大花瓣腐爛似
捨棄我而腐敗似
凝視著飛翔天空的

---

1 提齊安諾．維伽略（Tiziano Vecellio, 1490-1576），文藝復興後期的威尼斯畫派畫家。
2 現在的東京都新宿區早稻田鶴卷町。
3 顏色鮮豔的多年生球根植物，光太郎的雕刻室剛落成時，智惠子帶過來的賀禮。

鳥兒下落似
浪花四濺的　悽慘的自棄心
空虛　悲哀　灼熱的
——但不是戀愛
聖瑪利亞
不是　不是
雖然不知該如何解釋
但我不願意
不願意你離開我——
而且嫁給別人
任其他男人擺布

明治四十五年（一九一二）七月

某個夜晚的心靈

七月夜晚的月亮
瞧，白楊樹林在發熱
仙客來微微飄蕩的香氣
在你緘默的雙唇上啜泣
森林、馬路、草叢，甚至是遙遠的城市
苦於無端的責難
嘆了一股白色的氣
並肩走的年輕兩人
牽著手踐踏黑土
看不見的魔神飲著甘酒
在地上轟鳴的末班車似乎譏笑人類命運似的
靈魂悄悄地起痙攣

印度花布的腰帶微微出汗
彷彿持續拜火教徒的容忍沉默
心靈啊、心靈啊
醒悟吧，我的心靈
醒悟吧，你的心靈
此事意味著什麼
難以斷絕，難受，欲擺脫
又甜蜜，難以離去，不堪忍受
心靈啊、心靈啊
離開病床吧
拋下痲醉的假寐
然而映入瞳孔的一切令人發瘋
甚至是七月夜晚的月亮
瞧，白楊樹林在發熱

難治之症啊
我的心靈躺在溫室草叢
遭美麗的毒蟲折磨
心靈啊、心靈啊
——令人憐憫，為何叫醒他
此刻就是由無言統治的夜半——

大正元年（一九一二）八月

眼淚

世間正苦於國家大事[4]
人人每夜聚於日比谷[5]哭泣
我們在心底斟滿眼淚
若無其事地互相微笑
在松本樓[6]的庭前品嘗冰淇淋
人人為國家大事風聲顰蹙
微微聽到耳熟的鈴聲
我們僅講了幾句話
痛苦、銳利、堅強、而不可避免的

4 明治天皇即將駕崩的消息。
5 位於東京都千代田區有樂町至內幸町一帶，離皇居不遠。
6 位於日比谷公園的法式餐廳，夏目漱石、松本清張等作家會在此用餐，為當時文人、藝術家的聚集之所。

為夏夜的冰淇淋哀嘆
我凝視著冰涼的銀器
奪取你小小的扇子
你站立昏暗的路旁抽泣
我欲言又止
路人目光瞥向我們
為國家大事而祈禱
真是令人憐憫啊
我們的哀嘆亦是為了某種大事
縱然形影過於妖媚
人啊，請寬恕我們流下的眼淚吧

大正元年（一九一二）八月

恐懼

不行、不行
不准碰觸這片沉寂的水
更別說扔進石頭
僅僅一滴的水滴震動
將會泛起層層無益的漣漪
藉著敬重水之清靜
估計寂靜的價值

你不應該將此事講下去
你正要開口講的是世間最大的危險之一
只要不洩漏即可
說出即雷火

你是女人
世人雖說你活得像男人，但你依舊是女人[7]
那青黑色的天空微微出汗的圓月
將世界引導至夢境，將刹那換成永恆的月亮
就是如此、就是如此
不應該將其夢放回現實
將永恆歸於刹那
而且
不應該將這麼危險的事物
扔進這清澈的水裡

我心靈的寧靜是以血抵償的寶物[8]
以你無法理解的血作為犧牲換來的寶物
這寧靜便是我的生命

這寧靜便是我的神明
且是難以取悅的神明
甚至夏夜的食欲
尚會引起激盪的擾亂
你居然要碰觸這一點

不行、不行
你要估計寂靜的價值
否則
要破釜沉舟
一塊石頭激起的漣漪
可能惹起災禍，將你捲進騷亂的漩渦中

7 當時的報紙介紹智惠子是「勝過男人的女畫家」。
8 表示從歐美留學歸國後，克服不穩定精神狀態的事。

或許你將受到百千倍的打擊
你是女人
需要培養能夠忍受痛苦的力量
你能不？
你不應該將此事講下去
不行、不行

瞧吧
連煤煙與油膩的停車場
在此刻的月亮與悶熱的煙靄之中
看似收藏偉大美術的寶庫吧
那紅綠信號的燈光
在無言與目送之間完成絕佳的任務
陪著遙遠的月夜情調歌唱

我正在被某種存在包圍
被某種氣氛
被某種掌管調解的無形力量
而得到最寶貴的平衡感
我的靈魂渴望永恆
我的肉眼在萬物中找到無限的價值
悄悄地、悄悄地
我正一邊不斷碰觸某種力量
忘卻語言

不行、不行
不准碰觸這片沉寂的水
更別說扔進石頭

大正元年（一九一二）八月

拉洋片歌

（賞不夠成熟的拉洋片[9]繪畫）

陸奧國[10]，二本松[11]的啊
超越紅磚的
酒庫
從酒泡忽然出生
就像酒一樣
哎唷，女生逃跑了

---

9 備有凸透鏡的木箱中掛著各種畫片，表演者一面講畫片的故事，一面拉動畫片，觀眾從透鏡中看到放大的畫片，像是小型的電影。
10 日本古代的令制國之一，其範圍包含今日的福島縣、宮城縣、岩手縣、青森縣、秋田縣。
11 智惠子的故鄉，位於福島市南部的市區。

逃到吉祥寺[12]
反正要燃起的吉祥寺嘛
聽說連阿武隈川[13]的水啊
都無法滅火的喔
酒和水，晦喲晦喲
真是仇敵啊
跟酒嘛，跟水嘛

大正元年（一九一二）八月

12 位於東京文京區駒込的禪寺。江戶時代，因連續不斷的火災被燒毀。
13 發源於福島縣那須岳，是東北地區第二長的河川。

某個傍晚

瓦斯的暖爐在燃燒
烏龍茶、風、傍晚的細月

——沒錯，沒錯，這就是世間嘛
他們[14]所謂要求的嚴肅在於禮服
就是在自然中加上人工
在於直立不動的姿勢
他們隨著世間的騷動而失去自己的心靈
失去過去那赤裸的冷暖自知的心靈——
你看到他們不必感到意外

14　誹謗智惠子的人。

這就是世間
心懷著許多俗念
只凝視咫尺之間的冷酷無情的卑鄙群體
因此，想要率真地活著的人
——自古，至今，將來亦——
反而被指責成不真摯
遭受與你一樣的迫害
卑鄙又
沒有誠意的他們
初次發出驚異的聲音後注視我們
唱著各種惡語打發他們的空閒
沒有誠意的他們目無事件含有的人性而只擺弄其本身
該卑視的是世間
該知恥的是漩渦中的矮人

我們做該做的事
走該走的路
遵守自然的成規
要達到日常我們所想的事情與自然定律之間毫不發生矛盾的境界
最善的力量只在相信自己
不要驚訝於他們蛤蟆似的醜臉
不如在他們臉上尋找怪奇之美吧
我們品嘗愛人之心便可
要打破一切糾紛
追求自然自由的世界
如風吹，如雲飛
不要欺騙必然法則、內心要求、睿智暗示便可
自然便是賢明
自然便是細心

不要為了無賴的傢伙煩擾你的心神
來，我們再去銀座吃個樸素的飯吧

大正元年（一九一二）十月

貓頭鷹族

——聽到了沒，聽到了沒
咕咕嗚嗚咕咕嗚——

輕率又毫不負責的人口
棲息森林黑暗處貓頭鷹沾染黑毒的鳴叫
與城市、森林交響
襲擊我的雙耳實難忍受
我的雙耳於夜間作痛
悲痛窺視映入我心靈的你
輕率又毫不負責的是
邪惡鳥兒的本性

——聽到了沒，聽到了沒
咕咕嗚嗚咕咕嗚——

聽到自己喧囂的回聲感到高興
將傳說在朋友之間傳遞感到自豪
貓頭鷹族，邪惡的一儕
雖然我相信自己比他們強悍
他們卻比我愛說話
擁有富於暗示的雙眼與貯藏事物的語言
於是輕率又毫不負責的
嗚叫聲使人煩惱
難以忍受的俗氣談論
要將你我的心靈擺在不倫與滑稽之間

被詛咒的
貓頭鷹族，邪惡的一儕啊
但讓我更瘋狂的正是
這種愚蠢的煩惱
聲音又來了，又來了
——聽到了沒，聽到了沒
咕咕嗚嗚咕咕嗚——

大正元年（一九一二）十月

給郊外的人

我的心靈此刻大風般吹向你
情人啊
此刻滲透青色魚兒肌膚的寒夜都深了
既然如此，安詳地睡在郊外家[15]吧
幼兒的直率才是你的一切
由於過於清澈
見到你的人毫無例外地拋棄他們的壞心
將善惡兩面和盤托出
期盼你將成為格外出色的審判官
染盡俗世紅塵的我種種身影中

15　一九一二年六月至七月，智惠子與妹妹一起住在東京府下高田村雜司谷的郊外。

你藉著幼兒的直率
方才發現我神聖的另一面
我卻不知你發現的我
我一心盼著你成為出色的審判官
我的心靈因你而樂
我相信我能夠堅守
自己陌生而熱情的肉體
冬天櫸樹的葉子全落了
鴉雀無聲的夜晚
我的心靈此刻大風般吹向你
就像從地底湧出的高貴而柔嫩的溫泉
沉浸在你潔白的肌膚每個細縫
我的心靈隨著你的舉止
跳躍　蹦跳　飛起騷動

絕不忘記保護妳
情人啊
此是無與倫比的生命靈泉
既然如此，你安詳地睡下吧
惡人般的寒夜到來了
此刻安詳地睡在郊外家吧
像幼兒般地睡下吧

大正元年（一九一二）十一月

冬晨的覺醒

冬晨了
約旦河亦要薄薄凍上
我裹在寢室的白毯裡
在我心裡尋求
向基督施行洗禮的約翰之心[16]
抱住約翰脖子的莎樂美之心[17]
冬晨的街上
嗚響著木屐彬彬有禮的聲音

---

16 耶穌所愛的門徒。表示等候救世主出現的焦急，同時感到歡喜與畏懼。

17 猶太國王希律大帝第四個妻子的次子希律王與兄弟腓力的妻子所生的女兒。表示得到愛人的歡喜之心。明治末期至大正時代，在日本流行王爾德的作品〈莎樂美〉（一八九三年）。

期盼大自然能為我全身所有
如悄悄運作的天上一般
我亦該行走
銳利的摩卡香味
就像復活的精靈瞠目而視
不知從何處偷偷潛入屋內
我在此刻
更以數理學者的冷靜
了解世人所建設的社會呈現的奇異因果定律
起來吧　我的情人
冬晨了
郊外家的鵯早就鳴叫
我的情人正睜開黑眼
像個幼兒伸出雙手

喜悅晨光
聽到小鳥的鳴叫聲便含笑
想到此
不堪忍受的某種力量
使我推開白色毯子
歌唱愛的頌歌
冬晨了
心靈與高采烈的辛勤
高高地呼喊
想像純潔而堅強的生活
蔚藍琥珀的天空
飄浮著看不見的金粉
從遠方傳來指示犬鳴叫
我渴望事物的惡習又被激起

立刻又思戀了我的情人
冬晨了
在約旦河裡咀嚼冰

大正元年（一九一二）十一月

深夜的雪

瓦斯暖爐的暖和火苗
隱隱約約地發出聲音
封閉的書齋電燈
悄悄照亮著，稍微疲倦的兩人
傍晚的陰天轉眼成下雪
剛瞥了一眼
已經一片雪景了
積於地上、屋上、兩人心上
我感到悄然落下的雪片重量
在那包容快樂柔軟的重量上
世界屏住氣息　以童心之眼觀望驚奇
「來看看呀，下得這麼厚。」

從遠方傳來模糊聲音
接著聽到叩叩木屐的聲音
默不作聲的夜晚已到十一時
話題甚至已盡
紅茶亦沉悶了
兩人牽著手
傾聽此世上隱藏的緘默深邃之心
凝視流動的時光
微微出汗的臉上充滿平靜
輕易接納所有人類的感情
又聽到叩叩木屐的聲音後
類似車子的聲音——
「來看看呀，這片雪景。」
我這麼說

回答的人忽然幻化成童話故事的角色
微微開著嘴巴
為雪而高興
雪亦為深夜而高興
無止境地落下
暖和的雪
靜默中逼近身軀、沉甸甸的雪——

大正二年（一九一三）二月

致某人

不是玩耍
不是打發時間
你來找我
——不畫畫、不讀書、也不工作
然後兩天過去、三天過去
開顏、調情、蹦跳、又擁抱
徹底縮短時間
將幾天用盡於瞬間

啊，但是
這並非玩耍
不是打發時間

是洋溢著你我之間毫無隔閡的生命
乃是生命
乃是力量
看似太浪費而且過度的
八月自然的豐富
例如那深山花開花謝的草叢
發出聲音的日光
無限流動的雲群
發之不盡的雷霆
雨和水
綠色、紅色、藍色、黃色
怎能將在這世界湧出的力量
斷定為浪費呢
你為我跳舞

我為你歌唱
行走時時刻刻的生命
拋棄書籍的剎那與
打開書籍的剎那之我
皆有同一個質量
不應該在我身上聯想
空洞的刻苦勤奮與
空洞的遊手好閒
戀慕之心迸放時
你將會來找我
拋棄一切，超越一切
踐踏一切
又欣喜若狂

大正二年（一九一三）二月

人類泉水

世界變成朝氣蓬勃的綠色
又下著綠蔭的雨
這雨滴聲
形成群聚生物的生命表徵
總是非常威脅我
然後我激昂的靈魂
超越我又離開我
不停地組成我
現在死去　現在誕生
彷彿兩點到了三點
綠葉前端長出嫩葉一般
今日亦深深感受到

這靈魂的加速度
然後保持極度的寂靜
默默地坐著
自然流著眼淚
彷彿緊抱似地想你想個不停
你真是我的半身
你真切地掌握我的信賴
你才能夠從根本分享我肉體的激烈
我有你
有你
我相當殘酷地飽嘗人類所經歷的孤獨
你知曉我曾經墜入可怕的自棄狀態
照顧我生命之根
了解我一切的人

唯有你一個
我是自己人生的開拓者
我的正當性便是草木擁有的正當性
啊　你用生動的雙眼注視著它
你本來就擁有你自己的生命
擁有海水流動的力量
我擁有你
等於我擁有微笑
因為你我的生命變得複雜　變得豐富
然後領會孤獨　卻也不感到孤獨
如今我在這社會上
已經偏離眾人所走的路，而踏入幾步自己的路
已經沒有攜手同行的朋友
唯有互相了解某部分的朋友

我為這份孤獨而不感到悲傷了
此是自然　而且是必然的歸結
而且要為這份孤獨感到滿足

然而

倘若我沒有你——

啊　幾乎無法想像
光是想像都很愚蠢

我有你

有你

你的內心展現極大的愛之世界
我離開別人感到孤獨
透過你再次接觸人類生命的氣息
活躍於人道主義
擺脫一切

只面對你
將身浸於又深又遠的人類泉水
你是為我誕生
我有你
有你　有你

大正二年（一九一三）三月

我們

每當想念你的時候
我最能感到永恆
有我　還有你
此是我的一切
我的生命　與你的生命
互相糾纏　糾結　融化
歸於混沌不清的原始狀態
所有的歧視在你我之間失去價值
對你我來說凡是絕對的
兩人之間沒有世人所稱的男女交鋒
具有信仰與虔敬、戀愛與自由
亦有強大的力量與權威

人類的自我與他人的結合
我放心地深信自然的心態
相信你我的生命
而蹂躪所謂的世間
打敗頑固的俗情
兩人遠遠超越這些
我感到自己的疼痛就是你的疼痛
自己的快樂就是你的快樂
如同相信自己一樣相信你
相信自己的成長等同你的成長
我無憂無慮　我走得何等飛快仍然不可能將你丟在我後頭
就像我活力充沛
你輝煌得朝氣蓬勃
你便是火焰

你讓我感受到你越老你越新鮮
對我而言你便是用之不竭的新奇
除掉所有枝葉的現實全部
你的接吻給我潤澤
你的擁抱給我極限的滋味
你冰冷的手腳
你沉重的　圓胖的身體
你磷光般的皮膚
貫穿四肢軀幹的生物力量
這些將會成為我最好的生命糧食
你依靠我
你是為我而活
一切都是發揮你自己的生命
你我珍惜性命

不會停步休息
我們不得不　不得不將自己頂上去
不得不成長
不得不高大
不得不深邃貫徹
——何等的光明啊　何等的喜悅啊

大正二年（一九一三）十二月

愛的讚嘆

無法估量的肉體欲望
漲潮時的驚人力量——
依舊燃起的冒汗火焰上
火龍翻來覆去地跳舞

下個不停的雪在深夜舉辦婚飛宴會
呼喊寂靜空中的歡喜
我們震懾於世間美麗的力量
將身體浸於深密的潮流
對著激昂的玫瑰煙靄喘息
因陀羅網的珠玉反射著
無盡鑄造我們的生命

潛藏冬天的搖籃魔力與
冬天發芽的自然熱量——
內心燃起的一切與時間的脈搏一起跳動
使我們的全身與銷魂的電流共振

我們的肌膚分外地覺醒
我們的內臟歡樂生存之喜滿地打滾
頭髮發出螢光
手指得到獨自生命盤纏五體
隱藏語言的混沌而真實的世界
立即在我們身上現出它的原形

充滿光明
充滿幸福

所有的歧視一響便旋轉
毒藥與甘露本自同根生
難以容忍的疼痛令人四肢扭動
極度的陶醉照耀著不可思議的迷宮

我們溫暖地沒入雪裡
融化成天然的元素
貪婪地享用地上取之不盡的愛
極力讚揚我們的生命

大正三年（一九一四）二月

晚宴

風暴來襲的傾盆大雨
淋成了落湯雞
買了一升[18]米
要付二十四錢五釐[19]
五張魚乾
一根醃鹹蘿蔔
紅薑片
雞蛋從雞窩拿來
海苔長得像鑄長的鋼鐵

18 指一點五公斤。
19 當時白米的標準價格。

炸魚肉餅
醃漬鰹魚
讓水沸騰
活像餓鬼般的我們吞食晚宴

越來越大的暴風雨
吹打瓦片
房屋震得格外喧囂
我們的食欲強健地膨脹
受到本能驅動　將吞下的食物轉化成自己的血液
終於飽到出神的境界
我們靜靜地牽手
心裡高喊無際無邊的喜悅
並祈禱

期盼日常瑣事寓於生命
期盼生活各處充滿細緻的光彩
期盼我們具有充滿洋溢的東西
要我們遍滿世界

我們的晚宴
具有比暴風強烈的力量
食後的倦怠
使得不可思議的肉欲覺醒
在暴雨中燃燒
這就是讚嘆我們五體的
貧乏晚宴

大正三年（一九一四）四月

淫心

女人是多淫
我亦是多淫
你我不知饜足
沉溺於愛欲之中

縱情無阻的淫心
夏夜
熱氣蒸騰的
琉璃漆黑的大氣中
化為魚鳥跳舞
毫不做作

你我都是超凡
已經打破尋常規矩的網眼
你我的力量起源
經常起源於創世期的混沌
歷史歸於其時果實
消滅劫波
既然如此
人間世界的成形
匯集在你我眼前的這一刻
我倆浩瀚無邊

湧上心頭的淫心
使我們憤怒
瞻仰萬物

使肉體飛翔
我們發出大聲
蒙受獨一無二的榮光

女人是多淫
我亦是多淫
加深淫欲不知往何處
在此擁有萬物
你我越來越多淫
宛如地熱
燃燒炎炎——

大正三年（一九一四）八月

樹下的兩人

——陸奧國　安達之原[20]　二本松　松樹底下　看似有人——

那是阿多多羅山[21]，
那發光的是阿武隈川。

這樣緘口不言地坐下，
睏得昏昏沉沉的腦海中，
一味吹拂來自遠方的淺綠松風。
這巨大的初冬山野中，

20　位於福島縣二本松市（原安達郡大平村），以黑塚的鬼婆傳說聞名。
21　位於福島縣北部的火山，現稱為安達太良山。

不要把與你兩人之間悄悄燃起愛意牽手的喜悅
藏匿於俯視大地的那朵白雲之下。

你將不可思議的仙丹放在靈魂的罈子慢慢冒煙，
勾引我何等玄妙的愛情海底，
兩人一起度過的十年季節，
只讓我更了解女人的無限，
只有無限境界上迷濛之物，
才能洗滌煩惱情意的我身心，
在飽經風霜的我身上注入爽快年輕的泉水，
不如說是魔鬼一般抓不住
千變萬化的東西嘛。

那是阿多多羅山，

那發光的是阿武隈川。

這裡是你出生的故鄉，
那點點的白牆就是你家的酒庫[22]。
放鬆伸展雙腳，
深深吸入那萬里無雲充滿木香的北國空氣吧。
彷彿像你本身那樣涼快舒適的
苗條柔軟氣氛中曝曬肌膚吧。
我明天又要回遠方，
那無賴之都、混沌的愛憎漩渦中，
要回到我恐懼的、過於執著的人間喜劇中
這裡是你出生的故鄉，

22 智惠子的老家是福島首屈一指的造酒家。

產生出這不可思議的肉體之天地。
松風依舊吹拂，
可否再次教我這初冬寂寞的絕境地理。

那是阿多多羅山，
那發光的是阿武隈川。

大正十二年（一九二三）三月

狂奔的牛

啊，你這麼害怕是因為
看到剛剛的那個吧。
彷彿神出鬼沒的妖魔一般，
轟響深山的柴林，
深邃的寂寥中引起雪崩，
現在跑到別處的
那狂奔的一群牛。

今天別再說了，
畫到一半的穗高岳[23]三角屋脊上

23 位於長野縣的山嶺，是飛驒山脈最高峰。

出現了灰綠的雲朵
將槍岳[24]的雪冰
化成蔚藍色的梓川[25]上
重疊山群。
山谷的白楊在遠方隨風披靡。
今天別再畫畫
小心不要玷辱這行人斷絕的神苑
再玩你喜歡的篝火吧。
天然洗淨的青苔上
你也安靜地坐下來吧。

你這麼害怕是因為
看到追趕飛快的牝牛
氣喘吁吁地，

沾滿鮮血、年輕蛻變的那隻牡牛吧。
但總有一天你也將會憐憫
在莊嚴的山上暴露獸性的那隻牡牛。
在親身領悟更多事情後，
會為靜靜的愛微笑吧——

大正十四年（一九二五）六月

---

24 位於飛驒山脈南部，為長野縣與岐阜縣的縣界之一。
25 日本信濃川溪水的河川，長野縣松本市上游區域的別稱。

金

不該讓工作室的泥巴結凍。
智惠子，
即便傍晚的廚房如何寂寞，
還是要燒煤吧。
要是寢室的毛毯不夠厚，
即便毛毯上蓋住坐墊，
也不能讓拂曉的寒氣，
令工作室的泥巴結凍。
我是冬天通宵的值班人，
派出水銀柱的斥候，
反攻那陣北風吧。
即便過年些微感到寂寞，

智惠子，
還是要燒煤吧。

大正十五年（一九二六）二月

鯰魚[26]

盥裡發出跳躍的聲音。
夜深了　小刀刀刃將更銳利。
削木是冬夜北風的工作。
即便暖爐已無可燒的煤炭，
鯰魚啊，
你在冰下要噬莫大的夢。
扁柏的木屑便是我的眷屬，
智惠子不為貧困所驚。
鯰魚啊，
你的鰭藏著刀劍，

26　光太郎曾經創作〈鯰魚〉的木雕像。

你的尾巴藏著觸角，
你的下巴藏著黑金鑲邊，
然後你頑固的腦袋藏著這種樂觀，
對我的工作是何等有趣的回禮啊。
風停了木板房間飄著蘭花的香味。
智惠子睡了。
我將刻到一半的鯰魚推到旁邊，
更換磨水
嫻熟有力地磨明天更銳利的小刀。

大正十五年（一九二六）二月

夜晚的兩人

我們將會餓死的預言是，
夾帶冰雹靜靜地落在雪上的夜雨所說的。
智惠子雖是領悟力出類拔萃的女人[27]
依舊懷抱著與其餓死不如被判火刑的中世紀夢。
我們沉默　想再次傾聽雨聲。
看似起風了，玫瑰枝椏撓著窗玻璃。

大正十五年（一九二六）三月

27　甘粕事件（一九二三年九月，憲兵大尉甘粕正彥逮捕無政府主義者大杉榮、其妻子和六歲的外甥並絞死，將之棄屍古井中）發生後，智惠子在雜誌上寫：「所謂的暴力便是怯懦的變種」，強烈批評當時旁若無人的軍人。

你越來越漂亮

女人漸漸拋掉附屬品後
為何變得這麼漂亮呢？
經過歲月淘洗的你身體[28]
成了飛翔無邊無際的天上金屬。
毫不裝門面，完全顧不得體面的
充滿實質的清冽生物
活著舞動著　熱情不斷高漲。
女人之所以能奪回女人是因為
這樣世紀的修鍊嗎？
你緘默佇立的身影

28　當時的智惠子滿四十一歲。

真是上帝所創造的東西。
我時時內心驚訝地發現
你越來越漂亮。

昭和二年（一九二七）一月

天真無邪的話題

智惠子說東京沒有天空，
想看真正的天空。
我驚訝地仰望天空。
展現於櫻花新葉上的就是，
割也割不斷的
熟悉而美麗的天空。
陰沉沉的地上朦朧是
淺桃色的早晨溼氣。
智惠子望著遠方說。
在阿多多羅山上

每日展現的蒼天
才是智惠子真正的天空。
真是天真無邪的天空話題。

昭和三年（一九二八）五月

同居同類

——我閉口不談地揉著黏土。
——智惠子嘎吱嘎吱織布。
——老鼠來取掉在地上的花生。
——麻雀搶奪它。
——螳螂用曬衣架磨光牠的鐮刀。
——捕蠅蜘蛛三級跳遠。
——掛上的手巾擅自歡鬧。
——郵件喀嚓地落下。
——時鐘在午睡。
——鐵壺也在午睡。
——芙蓉花的葉子伸出舌頭。
——發生小小地震。

用秋蟬的鳴聲伴奏
從一群同居同類的頭上
子午線上的大火焰倒過頭來照耀著。

昭和三年（一九二八）八月

傳遞美的監禁者

袖子裡摸到紅色手感的納稅告知書，
路上吹起從收音機解放開的寒夜之風。

買賣的不合理，能夠購買的都是擁有東西的人，
擁有是隔離，傳遞美的監禁者，乃是我。

難以兩立的創形祕技與貨幣暴力，
難以兩立的創造喜悅與不耕貪吃的痛苦。

待在空蕩蕩的家裡的是智惠子、黏土及木屑，
懷抱裡的鯛魚燒還微微發熱，壓扁了。

昭和六年（一九三一）三月

人生遠視

鳥兒從腳邊飛上去[29]
自己的妻子發瘋了[30]
自己的衣服破碎了
標尺距離三千公尺
啊　這支步槍太長了

昭和十年（一九三五）一月

29　事出突然的諺語。
30　昭和六（一九三一）年夏天，智惠子精神分裂症第一次發作，之後趨向惡化。

乘風的智惠子

瘋掉的智惠子緘口不言
只能領會藍鵲和白鴴的話
沿著防風林的丘陵
飄蕩著一片全黃的松樹花粉
梅雨的晴天風颳起九十九里的海濱[31]
智惠子的浴衣在松樹之間忽隱忽現
白色沙灘上有松露
我撿起松露
跟著智惠子慢慢走

31 位於千葉縣房總半島東岸的海灘。昭和九年（一九三四）起，智惠子到母親與妹妹夫妻居住的別墅進行療養，光太郎每週都會去九十九里濱探病。

藍鵲和白鴿才是智惠子的好朋友
對早已決定不要繼續當人的智惠子來說
極為美麗的早晨天空是絕佳的散步場地
智惠子飛起來了

昭和十年（一九三五）四月

與白鴿玩耍的智惠子

連個人影也見不到的九十九里海濱
智惠子坐在沙灘上玩耍。
無數的朋友叫智惠子的名字。
吱，吱，吱，吱，吱——
沙上留下腳印
白鴿靠近智惠子
口中總是喃喃自語的智惠子
舉起雙手回應。
吱，吱，吱——
白鴿吵著要她手上貝殼
智惠子把它沙沙地扔丟
結群飛翔的白鴿呼喚智惠子。

吱，吱，吱，吱，吱——
望著索性拋開塵世，
已前往天然世界去的
智惠子孤零零的背影。
離此遠兩百公尺的防風林夕陽中
我在松樹花粉間　佇立不動。

昭和十二年（一九三七）七月

無人代替的智惠子

智惠子看見看不到的東西，
聽聞聽不到的東西。

智惠子去了到不了的地方，
辦到做不了的事情。

智惠子不看現實中的我，
渴望我背後的我。

現在的智惠子擺脫痛苦的沉重，
徘徊於無限遼闊的審美圈。

雖然頻頻聽到她的呼喚，
可智惠子已經失去進入人間的門票。

昭和十二年（一九三七）七月

山麓的兩人

裂成兩半傾斜的磐梯山[32]陰
驚險地與八月頭上的天空瞠目而視
遙遠的山腳隨風搖曳的
芒草叢生地吞沒人類
半瘋的妻子坐在草叢
沉重地依靠我手臂
如同哭不完的幼女一般慟哭
——我快要不行了
遭襲擊意識的宿命魔鬼拐走
無可遁逃地與靈魂告別

32　位於福島縣北部的山脈，又稱為會津富士。

這不可抗力的預感
——我快要不行了
山風冰涼地撫摸被眼淚弄溼的手
我沉默注視妻子的面貌
從意識邊界最後一次回頭
摟住我不放
此生已無計可施挽救這妻子
我的心此刻裂成兩半脫落
與隱沒兩人的這天地靜靜地合而為一

昭和十三年（一九三八）六月

某一天的日記

畫完橫幅的水墨畫
趁墨乾前站著觀賞它
從上高地[33]眺望前穗高岳的岩之幔帳
墨水暈染開來的明神岳之金字塔
作品要覆滅時空
天上降下的霧氣潮溼我的臉孔
我的精神對條件反射也絲毫沒有反應
乾掉的花紙轉瞬間讓風颳起
這鬼屋[34]的地板間起浪

33 位於長野縣南安曇村。大正二年（一九一三）八月至九月，光太郎和其他藝術家逗留此地，智惠子也在途中會合，兩人在此訂婚。
34 東京駒込的雕刻室。

我要將其捲成小包
一切苦難覺醒心靈
一切悲嘆回歸渾身
智惠子發瘋已六年了
生活的考驗　鬢髮變白了
我休息一會兒注視打包用的報紙
上面有一張照片
面向峭壁聳立的廬山[35]，緘口並排的野戰砲

昭和十三年（一九三八）八月

35　中國江西省北部的名山。七七事變後，日本全面進攻中國，中日戰爭正式爆發。

檸檬哀歌

你如此期盼這顆檸檬
悲傷又潔白明亮的瀕死之際
你漂亮的牙齒用力啃
從我手上拿到的一顆檸檬
黃晶色的香味飄起
從天而降的幾滴檸檬汁
忽然讓你的腦袋恢復正常
你清澈的眼睛微微一笑
握住我手掌的你力量何等健康啊
雖然你的喉嚨起了暴風
面臨生死存亡的緊要關頭
智惠子居然回到原本的智惠子

瞬間傾注了一輩子的愛情
不久
做了一回像從前山巔上做過的深呼吸
你的器官從此失靈[36]
今天也要在遺像前裝飾的櫻花後面
放一顆涼爽發亮的檸檬

昭和十四年（一九三九）二月

36 智惠子直接死因是粟粒性肺結核。

獻給已故的人

麻雀像你一樣拂曉起床敲敲窗
枕邊的大岩桐像你一樣默默開花

晨風如人喚醒我的五體
你的香味沁涼早晨五時的寢室

我推開白色床墊伸展雙臂
夏天的朝日下迎接你的微笑

你竊竊私語地告訴我今天是什麼日子
你站得像是有權威的人

我變成你的小孩
你成為我年輕的母親
你仍然在這裡
你化為萬物　充滿著我
雖然覺得我不值得你的愛
可你的愛不顧一切地包容了我

昭和十四年（一九三九）七月

梅酒

逝世的智惠子曾經釀過的梅酒瓶
因十年的重量混濁地沉澱而蘊藏著光明，
如今琥珀的酒杯上彷彿凝結成一塊玉石。
一人在早春深夜感到寒冷時，
請喝這瓶梅酒吧，
想著自己死後拋下的人。
擔心自己精神失常而感受到強烈不安，
悲哀著理智就要斷線時
智惠子收拾好身邊的東西。
七年的瘋癲以死為結。
我靜靜地品嘗
在廚房找到的梅酒香氣四溢的甘醇。

連狂瀾怒濤的世界叫喊
都難以侵犯此時此刻。
正視一個悽慘的生命，
世界僅僅是遠遠地圍繞著它，
連夜風都斷絕。

昭和十五年（一九四〇）三月

荒涼的回家

智惠子死去後
才能回到一直想念的自己內心。
掃塵潔淨
十月深夜空曠的畫室屋角，
我小心翼翼地擺好智惠子。
我在這個動也不動的人體前
佇立到底。
人要將屏風顛倒。
人要點蠟燭焚香。
人要幫智惠子化妝。
一切自然而然地進行。
天亮了又黑了

到處熱鬧，
房間擠滿花朵，
好像變成某處的喪禮，
曾幾何時智惠了不見了。
我只是站在誰也不在的黯淡畫室。
聽說外面是升起名月[37]的月夜。

昭和十六年（一九四一）六月

37 智惠子是在一九三八年（昭和十三年）十月五日過世，喪禮一般為期兩天。那年的中秋節是陽曆的十月八日，日本稱中秋節的月亮為「名月」。

松庵寺

稱為奧州花卷[38]的土里土氣小鎮
在淨土宗的古剎松庵寺
秋天飄潑陣雨的你忌辰
舉辦相當簡樸的法事
連花卷的城市都受到空襲
燒得一乾二淨的松庵寺
淪落到在堆房擺著佛壇的
兩張榻榻米大小的佛堂
雨滴從後面的紙拉窗滲進來
連和尚大人的衣服下襬都淋溼了

38 位於岩手縣西部的城市。光太郎二戰時期為躲避空襲而搬至此地，戰後移居花卷郊外生活。

和尚大人用安靜的聲音感慨地朗誦
一張誓約書
信佛而犧牲自我的
古人令人恐懼的告白的真實
徹底震撼今世生活的我
在松庵寺堆房佛壇的佛前
又目不轉睛地思索
為了我憑靠著無比的信任
你的一生燃燒殆盡

昭和二十年（一九四五）十月

報　告（給智惠子）

日本徹底變了樣。
你厭惡到打寒顫
旁若無人的粗野階級
姑且消失不見了[39]。
雖說徹底變了樣，
算是坐享其成的變革
（世人說是日本的再教育。）
不像你從內心爆發的，
賭上性命
期盼著生氣勃勃的新世界

39　因日本戰敗，軍人階級窮困潦倒，且許多軍人被聯合國軍處以死刑。

並非依靠自己的力量而改變
因此在你面前感到慚愧之至。
你才是追求真正自由的人。
身處於無法追求的鐵柵裡，
你如此熱心追求的事物，
反而將你驅逐此世的意識之外，
毀壞了你的腦袋。
如今才思考你經歷過的痛苦。
雖然日本的面貌煥然一新，
向你報告我們沒有經歷那種痛苦的變革
是件很難過的事。

昭和二十二年（一九四七）六月

噴霧式的夢

與智惠子一起搭上那輛時髦的登山火車，
去看維蘇威山[40]的噴火口
所謂的夢想像香料般地具有微粒性
智惠子以二十幾歲的濃霧籠罩我。
從細得像竹筒的望遠鏡尖頭
噴射機似噴出氣體之炎。
用那望遠鏡能望見富士山。
彷彿盆底有好玩的東西
盆子周圍的觀覽席擠滿人。
智惠子將富士山麓的秋天七種草花束

40　位於義大利南部的火山。

深深扔入維蘇威山的噴火口。
智惠子溫柔、美麗、清淨
又充滿著無限的沉湎。
燃燒著像那座山的水一樣透明的女體
依偎著我踩上崩塌的沙子行走。
處處都有龐貝[41]刺鼻的味道。
截至昨日的我全部存在的違和感消失
在秋日清晨五時涼爽的山中小房醒來。

昭和二十三年（一九四八）九月

41 古羅馬的城市之一。西元七九年，遭維蘇威火山爆發時的火山灰覆蓋。

如果智惠子……

如果智惠子跟我一起
被岩手的群山之原始氣息籠罩
如果待在六月的草木之中，
紫萁的絨毛帽已經掉了
灰鶺鴒來水井玩的山中小房
今夏從此開始
如果我們待在充滿活力季節的早晨此處，
智惠子在這三張榻榻米上醒來，
伸出雙手用吹拂的臭氧沖淨身體，
依舊發出二十幾歲的聲音
笑著用一根十根的火柴，
點燃柳杉的枯葉

用地爐的鍋子能煮出美味的茶粥吧。
摘下田地的嫩豌豆
將以天藍色的早餐取樂吧。
如果智惠子在這裡，
位於奧州南部山中的孤立房屋
立刻變成真空管的機關
將會散發無數強力的電子吧。

昭和二十四年（一九四九）三月

元素智惠子

智惠子已歸於元素了。
我不相信心靈獨立存在的道理。
而且智惠子實際存在著。
智惠子住在我的肉裡。
智惠子貼緊我，
在我細胞上燃燒磷火，
與我玩耍，
打我，
不讓我昏庸老朽。
精神便是肉體的別稱。
住在我肉身裡的智惠子，
等於我精神的極限。

智惠子是格外出色的審判者，
智惠子睡眠時我會犯錯，
傾聽智惠子的聲音時我會採取正確行為。
智惠子只會開心跳躍，
圍繞著我的全存在奔跑。
元素智惠子仍然
住在我的肉身裡對我微笑。

昭和二十四年（一九四九）十月

Métropole

命運的滄桑變化將我送到
智惠子憧憬的大自然當中。
命運在都市毀了活生生的智惠子，
把都市之子的我擺在這裡。
岩手的山脈粗野、美麗、純粹，
包圍也不放過我。
虛偽與旅情無法自這塊土壤湧出，
我如同自然爭分奪秒，
豁出全部，坦蕩前進。
智惠子死了又要復活，
寄居於我的肉體而活，
如此

全身受到山川草木包裹而感到喜悅。
千變萬化的宇宙現象，
無限轉變的世代起伏，
智惠子要接受這一切，
我要觸知這一切。
我的心沸騰起來，
我在別人稱為山林孤棲的
山上小房的地爐端
擅自把這兒想像成地上Métropole。

昭和二十四年（一九四九）十月

裸形

我想念智惠子的裸形。
謹慎充滿的
彷彿星宿一般森嚴
山脈一般波動
總是籠罩著淡霧，
造型的瑪瑙質中
具有深邃的光澤。
我連智惠子裸形的背上黑痣
都記得一清二楚，
如今被記憶的歲月磨光的
存在即將明滅。
由我雙手再次創造，

那造型便是
自然制定的約定，
為了達成這目標我被給予肉體，
為了達成這目標我被給予田地青菜，
被允許吃米、小麥、奶油。
要把智惠子的裸形留在此世
我終將回歸天然的懷抱中吧。

昭和二十四年（一九四九）十月

介紹

三個榻榻米大小的空間應該能睡吧。
這裡是廚房。
這裡是水井。
山水像空氣一樣美味。
那畦旱田有三畝，
現在是高麗菜的全盛時期。
這裡的疏林是榿木的林蔭，
小房周圍是栗子樹和松樹。
爬上坡來剛好適合眺望，
從此可望南方八十公里
左邊是北上山地，

右邊是奧羽國境山脈[42]，
北上川[43]縱貫正中央的平原，
煙靄迷濛的盡頭那邊
應該是金華山[44]沖吧。
智惠桑中意嗎，喜歡嗎？
後面的山脈是毒森[45]。
那裡羚羊會來，熊也會出沒。
智惠桑，你喜歡這種地方吧。

昭和二十四年（一九四九）十月

42 位於東北地區的中央山脈，亦是日本最長的山脈。
43 流經岩手縣與宮城縣的河流，是東北地方最大的河流。
44 位於宮城縣石卷市太平洋上的小島，整個島嶼是黃金山神社的聖地。
45 位於岩手縣雫石町南東的山脈。

那時候

信任別人等於救人。
智惠子打從心底完全信任
品性相當不端的我。
突然被你跳進懷裡
我失去了自己品性不端的個性。
你讓我知道
連我自己都不知道的某部分存在這樣的自身
我畏縮了。
倉皇一會後，
某天恍然大悟
智惠子認真純粹的
來勢洶洶的逼近。

我流下難得的眼淚，
重新面對智惠子。
智惠子笑容滿面地迎接我，
以清淨的香氣包容我。
沉浸於甜蜜之中忘掉一切。
連我的猛獸性也不當一回事
成為天上一族的女性不可思議的力量
讓無賴的我初次了解自己的本分。

昭和二十四年（一九四九）十月

暴風雪夜的獨白

外面下著狂暴的暴風雪。
這樣的夜晚連老鼠也不出沒，
遙遠的山村安靜入睡
山上連個人影都不見了。
把頗大的樹根扔進地爐
燃燒漂亮巨大的火焰。
因有六十七年的生理
如今感到十分輕鬆。
只要擁有欲望，
就難以完成真正的創作。
稱為美術的創作深處
需要這種無情。

但毫無欲望也不像話，
仔細思量後發現現在沒有比較好。
即便現在智惠子出現
我只會高興得歡蹦亂跳而已吧。
從嚴厲的無情內側
若有似無地滲出來的味道
就是叫作神韻的東西吧。
但也不要老態龍鍾。

昭和二十四年（一九四九）十月

和智惠子玩樂

智惠子的所在是 a 次元。
a 次元就是絕對的現實。

在岩手山脈上和智惠子玩樂
夢幻的生之真實。

法國平原即便長出蘑菇
智惠子的玩樂也不會改變。

二合的米飯是今天的家家酒。
在牛的尾巴上細切韭菜。

與強敵蠓蟲打著架
將生命託給三畝旱田。

肋骨被錐子刺
肺氣腫噴射般咳個不停。

造型是自然的中軸。
此世存在的絕對不可或缺之事[46]。
一切都是智惠子a次元的逍遙遊。
玩樂時人將稍微變得不那麼卑下了。

昭和二十六年(一九五一)十一月

46 「絕對不可或缺之事」原文為Sine qua non。

報告

這次從山上
來到你不喜歡的東京
故鄉的東京
被埋沒在文化的破爛中
連腳踏的地方都沒了。
套上畫皮的柏油路上
擠滿著無用的計程車
人想往南走
終究被迫往北走。
天空轟轟地響，
地上則有擴音器。
鼓膜覆蓋著鋼鐵

沒有意志的非生產性的生物
貪婪地吃他國叮噹的敗物
感到得意洋洋。
我也開始不喜歡
你不喜歡的東京。
完成工作要馬上回山吧。
在那清潔的道德天地中
再次與無比新鮮的你重逢。

昭和二十七年（一九五二）十一月

短歌六首

智惠子
不要以為一心一意猛勁創作的我
是寂寞的

是瘋女
他人用令人驚恐的言詞
來形容智惠子

海濱飛翔松樹花粉
智惠子變成
藍鵲的伙伴了

智惠子知曉我用生命創作完成的剎那
智惠子知曉
知曉而感到悲哀

這家瀰漫著智惠子的氣息
一人閉上雙眼
你不讓我入眠

光太郎智惠子
建立無比美麗的夢想
昔日在此生活

附錄

智惠子的半生

妻子智惠子罹患了精神病[47]，住進南品川詹姆斯坡醫院十五號病房，之後因粟粒性肺結核去世以來，再過十天就要滿兩年了。我在這世上邂逅智惠子，她純粹的愛情洗淨了我，將我從過往的頹廢生活中救出。她的存在，使我的精神完整，她的死去也因此極為猛烈地打擊了我。我甚至覺得自己藝術創作的目標都消失了，一股空虛感囚禁了我好幾個月。她在生前，永遠是第一個看到我的雕刻作品。結束一天的工作之後，和她一起討論當天的成果，是我至高無上的喜悅。她總是全盤接受、理解，以及熱愛我的創作。她甚至會帶著我製作的小木雕上街，溫柔地撫摸它。在她不復存在的世間，究竟還會有誰像是孩童一般接受我的雕刻呢？好長一段時間，我始終煩惱著再也沒有人可以看我的

47　現稱為「思覺失調症」。

雕刻了。關於美的創作，絕對不會只從公式的理念或是壯闊的民族意識中產生。那種東西或許會是創作主題，抑或是創作動機；然而要讓創作能發自內心產出，擁有活生生的血肉，必定需要大量愛的互動。那可能是神的愛，可能是王的愛，也其實可能是一名女性深不見底的純潔愛情。對藝術家而言，一個會以熱情眼神注視自己創作的人，本身的存在就擁有最大的力量，能成為藝術家將創作付諸實踐的潛力。創作的結晶或許會為了萬人存在，但是創作念頭的產生經常只是為了讓某個人欣賞而已。對我而言，妻子智惠子便是這樣的人。智惠子死後留下的空虛感幾乎等同虛無的世界。我雖然有許多想創作的題材，卻絲毫沒有付諸行動的力氣。因為我知道世上再也不會有一雙熱情地看著我的眼睛。經過了幾個月的苦鬥之後，因為某件偶然的事情，我在滿月夜裡，深刻感受到名為智惠子的個體雖然消失，她卻成為我身邊普遍的存在。在這之後，我經常可以察覺到智惠子的氣息近在身旁，也就是說，她與我成為一體，我更強烈地感受到她成為了永遠的存在。我因此恢復平靜與健康，得以再度工作。每當一天工作結束，我眺望著自己的創作說著：「你覺得如何？」回頭一望，智惠子一定會在我身後。她無所不在。

智惠子從結婚到去世為止二十四年間的生活，是一連串愛與貧困的生活、藝術的精進，乃至和病魔纏鬥的日子。她在這樣的漩渦中，宿命般地因為精神素質的問題而倒下，在歡喜、絕望、信賴、諦觀混合而成的波濤中遠去。好幾次都有人建議我寫下關於她的回憶，我至今都提不起勁來寫。在活生生的苦鬥之後，哪怕是獨居一隅提筆寫作，也令人無法忍受，而且寫下可謂是單純私生活報告的內容究竟有何意義？然而，我現在決定寫下。我想盡可能簡單寫下一名女性的命運。我要寫下在大正、昭和年間有著不為人知的煩惱，因為這樣的事情而活，因為這樣的原因而倒下的女性故事，並且以這一切向可憐的她餞別。我相信只要做到極致，所有人都可以理解我的想法，因此在現今的時勢之下，我刻意提筆寫下這些內容。

智惠子前半生

我如今平靜回顧她的一生。若是濃縮智惠子的一生，首先她於明治十九年，出生在東北地方福島縣二本松町的漆原，是名為長沼的釀酒人家的長女。在當地的女子高中畢業後，進入東京目白的日本女子大學家政科，過著宿舍生活時，對西洋畫產生了興趣。

女子大學畢業後，好不容易才獲得家鄉父母的允許，留在東京，進入太平洋繪畫研究所學習油畫。她認識了當時崛起的畫家中村彝[48]、齋藤與里治[49]、津田青楓[50]等人，受到了他們的影響；另一方面她也參加了當時由平塚雷鳥女士[51]等人提倡的女性思想運動，繪製了雜誌《青鞜》的封面。那是明治末年的事情，不久之後，透過柳八重子女士的介紹，智惠子和我相識，在大正三年結婚。婚後，智惠子仍舊熱中於研究油畫，但是在精進藝術和照料家庭之間左右為難的日子越來越多，再加上肋膜出了問題，她經常臥病在床。後來，故鄉的老父去世，娘家瀕臨破產的狀況，讓智惠子痛苦難當，苦惱萬分。不久之後，因為更年期的身心失調，智惠子的精神開始出現問題，在昭和七年，她吞了大量安眠藥企圖自殺。雖然免於藥物後遺症所苦，暫時恢復了健康，然而在那之後，各種療養方式也都未能奏效。隨著症狀越來越嚴重的腦部疾病，她最終在昭和十年，罹患了思覺失調症。那年二月，她住進詹姆斯坡醫院，在昭和十三年十月，在醫院靜靜去世。

智惠子的一生實在非常單純，始終過著純粹的個人生活，和這個世界毫無任何帶有社會意義的接觸。真要說的話，或許短暫和《青鞜》有關的期間才存在社會的聯繫。智惠子不光對社會毫不關心，她生來就不具備社交性格。她和《青鞜》合作的期間，也就是以所謂新女性的身分和一部分的人相當熟識，也經常有人提到她的名字——長沼智惠子。不過，那只是當時喜歡八卦的一群人因為有趣，而加油添醋地提到她罷了，智惠子本人似乎是沉默、不喜社交、思考欠缺邏輯、死心眼的個性。當時女性朋友的一致意見似乎是很難和長沼攀談。我不是很清楚智惠子那時候的狀況，但我記得曾在津田青楓先生的某篇文章看過，津田先生經常看見智惠子腳踩高跟漆木屐，拖著和服下襬行走的模樣。從她那種模樣以及沉默的個性，或許會讓人對她產生好奇，覺得她很神祕吧。當時

48 中村彝（一八八七—一九二四）：日本大正時期洋畫家。青年時期染上結核病，也是因此對繪畫產生興趣的時候，後來加入了白馬會研究所以及太平洋繪畫研究所，潛心於繪畫創作。

49 齋藤與里治（一八八五—一九五九）：日本大正昭和時期洋畫家，出生於埼玉縣，先是向淺井忠、鹿子木孟郎學習素描，之後還曾赴法深造。返日後，作品常入選帝展。

50 津田青楓（一八八〇—一九七八）：日本歌人、畫家、書法家以及隨筆作家。早年受四條派的繪畫流派影響，開始學習日本畫，後來進入關西美術院學習。與夏目漱石相當友好，也曾指導夏目漱石繪畫技巧。

51 平塚雷鳥（一八八六—一九七一）：日本作家、思想家、評論家、女性主義者，本名平塚明。畢業於日本女子大學家政系，戰後時期積極參與反戰運動。一九一一年九月為了慶祝雜誌《青鞜》創刊而撰寫的文章〈女性原本是太陽〉，是日本女性運動的重要代表作。日本女子大學於二〇〇五年設立了平塚雷鳥獎，紀念她在文藝創作與社會運動的貢獻與成就。

的智惠子據說會讓人聯想到《女水滸傳》裡的角色，也令人感覺她充滿獨特風情，不過我想像真正的她其實更樸素、更漫不經心吧。

可以說我根本不了解她的前半生，我知道的都是在我們被介紹認識之後的事情。光是當下的事情就讓我手忙腳亂，我對她的過往一點興趣都沒有，甚至她的年齡都是到後來才知道。從我認識她開始，她就是非常單純真摯的人，心頭總是滿溢著某種形而上的事物，會將自己全心全意奉獻給愛與信任。她似乎因為與生俱來的好強，將自己的感情壓抑到體內深處，言行舉止十分穩重，絲毫不顯輕佻。我經常訝異於她努力超越自己，勇往直前的堅強，直至今日我才理解那是她私底下勉強自己累積出來的。

當時我還不曉得，如今回頭來看，她的前半輩子早已進展到讓精神狀況出現問題的地步。我和她的生活沒有其他路可走。在思考為什麼事情會變成這樣之前，我嘗試想像她的其他生活方式，例如，不在東京生活，而是老家，或是某處的田園，或是不和我這樣的藝術家結婚，而是能夠理解藝術的其他工作者，特別是從事農耕畜牧的人，事情又會如何？說不定這樣一來，她就能壽終正寢。對她而言，東京就是如此不適合她的土地。東京的空氣對她來說，總是無味、乾燥又粗糙。智惠子就讀女子大學期間，曾經獲得成瀨校長獎勵，度過了騎自行車、熱中網球等等活潑的少女時代，然而在畢業之後，她其實沒有那麼健康，整個人瘦了一圈。一年之內大概有一半的時間不是去鄉下，就是去山上。和我同居之後，一年大概也有三、四個月會回老家。要是她沒有呼吸鄉下的空氣，身體會撐不住，也經常怨嘆著東京沒有天空。我有一首名為〈天真無邪的話題〉的小詩：

智惠子說東京沒有天空，
想看真正的天空。
我驚訝地仰望天空。
展現於櫻花新葉上的就是，
割也割不斷地
熟悉而美麗的天空。
陰沉沉的地上朦朧是
淺桃色的早晨溼氣。

智惠子望著遠方說。
在阿多多羅山上
每日展現的蒼天
才是智惠子真正的天空。
真是天真無邪的天空話題。

我身為土生土長的東京人，無法切身感受智惠子發自內心的痛切傾訴，心想哪天她就能習慣這個大都市中的自然環境了。然而，她渴望新鮮透明的大自然終生都沒有改變。智惠子住在東京時，用了許多方法嘗試滿足內心的渴望。她毫不厭煩地看著住家周遭的雜草寫生，以植物學的角度研究這些雜草，在凸窗上種植百合、番茄，生吃蔬菜，沉迷於貝多芬第六交響曲的唱片等等，都是為了滿足這股渴望的變形。這件事情貫穿了她的半生，內心卻無法表現的痛楚，恐怕遠超出我的想像。在最後一天，智惠子死前的幾小時，她握著我帶去的黃檸檬時顯露的喜悅，也是和這股渴望有關吧。她咬下那顆檸檬，那股清爽的香味和汁液彷佛洗滌了她的身心。

藝術與日常的對抗

導致她精神狀況終於出現破綻的更大原因，我認為恐怕是猛烈追求藝術精進的想法，以及基於對我的純真愛情之間，出現了激烈矛盾帶來的煩惱。智惠子熱愛繪畫。她似乎在女子大學時便已開始畫油畫，也總是在學藝會負責學生戲劇的背景製作。我聽說她故鄉的雙親一開始很反對她畫畫，後來答應讓她當畫家的原因是，她當時畫出的祖父肖像畫惟妙惟肖，讓故鄉父老大感驚訝。我也看過那幅油畫，純樸的筆觸中有著素雅的配色，是一張有著絕美色調的畫作。我不是很清楚智惠子畢業後那幾年的作畫情況，但是我想那並非是一時的天真情懷沖昏頭而畫。智惠子後來將當時的畫作全部毀棄，不給我看。我只能憑著僅存的一些草稿想像完整的畫作。和我在一起之後，智惠子主要持續練習描摹靜物，畫了好幾百張。她回鄉之際，或是到山上旅行時，會畫風景，也以素描畫人物，不過最終都沒有真正提筆畫油畫。她傾心於塞尚，自然也受他影響極深。我在當時除了雕刻之外，也畫油畫，不過我們的工作室是分開的。智惠子對於色彩運用非常苦惱，而且她不希望自己的成就不上不下，近乎自虐地苛責著自己。有一年，她在故鄉附近的五色溫泉度過夏天，帶著那裡的風景畫回到東京。其中有相當出色的小品，她也打算用那張畫作參加文部省美術展覽會，然而，和其他的大型作品一起搬到會場後，未能獲得審查員認可而落選。在那之後，不管我怎麼建議，她都不願意再參加任何畫展。我認為藉著將自己的作品公諸於世，將自己內心的鬱悶對外訴說、向外發散，對藝術家的精神很有益處；不過或許也因為這種事情導致封閉自身內心，讓精神更加內縮。智惠子總是希望自己什麼都能做到最好，所以無論何時都對自己感到不滿，不管什麼作品都未能真正完成。實際上，她在油畫的色彩運用確實也不夠出色。雖然她的素描有著出色的力量，也十分優雅，然而她怎麼樣都無法好好使用油畫顏料，這令她非常悲傷。她時常獨自在畫架前流淚。我偶爾去她位在二樓的工作室，看到她在流淚時，總有一股難以言喻的寂寞，卻也無法想出什麼適合的安慰話語。此時，我的生活也比他人想像得更不如意，在震災前後的那段時間，家裡曾經請過女傭。不過其他時候，都只有我們兩人一起生活。我們同樣都是造形藝術家，因而難以妥善安排時間。如果兩人都熱中自己的工作，那麼一整天都無法吃飯、無法打掃，也無法處理日常瑣事，生活全都停頓下來。這種日子不斷重複，到最後還是身為女性的智惠子必須處理家中雜事。再加上，如果我白天雕刻，那麼晚上甚至會連飯也不吃地寫稿，這種事情一多，就會占據智惠子練習作畫的時間。若是詩歌之類的工作，在腦中就可以有一大半進度，也可以利用極為零碎的時間創作。然而，造形藝術的工作如果沒有固定的一段時間，便無法進行，這點也讓她殫精竭慮。她不管碰上什麼狀況，都盡可能不減少我的工作時間，努力讓我專心雕刻，不讓任何雜事妨礙我。不知不覺間，她縮短了練習油畫的時間，有時以黏土嘗試雕刻，後來也嘗試紡織絲線，以草木染染色，再織成布。我的手邊仍然留有她手工製作的兩人和服及和式外套。同樣是草木染權威的山崎斌先生在智惠子去世時，發來了弔唁電報。上面有著這樣的詩：

袖口一縷青絲
佳人如今何在

智惠子最終還是沒能說出口，她對創作油畫一事已經死心。對如此熱愛、可以奉獻一生的藝術創作感到絕望，絕對不是容易的事情。她後來服藥自殺的那個夜晚，在隔壁房間將剛從千疋屋買來的水果籃擺設成靜物畫的樣子，在畫架上放上全新的畫布。看到這個場面，讓我內心糾結不已，只想痛哭一場。

智惠子雖然個性溫柔，卻很好強。不管什麼事情都放在心裡，默默進行，然後將自己最出色的能力傾注在一切事物。和藝術有關的事情不用說，一般教養、精神上的各種問題也都盡可能深入思考，拒絕曖昧不清，鄙視任何妥協。也就是說，她一天二十四小時都像一條緊繃的弦，最後她無法忍耐極度的緊張導致腦細胞破裂，身心耗竭地倒下了。我不曉得有多少次因為她那清淨至極的心靈洗滌了自身。和她相比，我的心靈實在是茫然又混濁。我經常看著她的雙眼，感覺得到許多教誨。她的眼中確實有著阿多多羅山頂的藍天。當我製作她的半身像時，切實感受到無法呈現她的雙眸，令我對自己的汙穢感到羞恥不已。如今回想起來，她早已注定無法在這個世上平安無事地活下去，因為她徹底活在和這個世界的空氣完全不同的空間裡。我記得自己常常感覺她只是一縷看似存在於這個世界的靈魂。智惠子沒有任何世俗的欲望，她只是依靠著對於藝術以及對我的愛活著，因此她總是那麼年輕。精神的年輕和相貌的年輕共存著。每次和她一起旅行，很多人經常以為智惠子是我的妹妹，是我的女兒。她就是如此年輕，直到去世也看不出她已經超過五十歲。結婚之初，我也無法想像她變老的模樣，曾經對她開玩笑說：「你以後也會變成老太太嗎？」我記得當時她隨口回答我：「我在年輕的時候就會死掉了。」確實如她所說。

根據精神病專家的意見，普通的健康人可以忍耐非常痛苦的煩惱，而精神病患者大部分擁有與生俱來的體質，或是因為後天受傷或是疾病導致精神出現問題。智惠子的家族似乎沒有精神病患者，但是她的弟弟，也就是娘家的長男素行不良，導致後來娘家破產，他自己也因為身患惡疾，在陋巷裡潦倒而死。不過，我不相信那是強力到可說是遺傳的狀況。智惠子幼兒時期曾經因為石板導致頭顱嚴重受傷，不過在那之後平安無事地痊癒了，因此我認為這和她日後的病情也沒有關係。當她的大腦出現問題時，醫生曾經問我是否曾在國外感染某種疾病，我完全沒記憶。後來醫生也再三檢查我們兩人的血液，結果都是陰性，因此很難確定她的體質會引發思覺失調症。只是我後來仔細思考，從我認識她以來，她的身心狀況確實逐步緩慢地發展成這個疾病。智惠子的純真非常激烈，只要一想不開，便會毫不後悔地放棄其他一切。她很容易焦躁不安，對於我的愛與信賴之深就如同嬰兒對父母一般。我為她心動，也是由於她如此異常的性格非常美麗。

真要說的話，她的一切都十分異常。我曾在〈樹下的兩人〉這麼寫道：

這裡是你出生的故鄉，
產生出這不可思議的肉體之天地。

這是我實際感受到的。到底是智惠子一步一步接近最後的破綻，還是病情宛如螺旋似地步步進逼呢？我一直到非常後來才終於隱約察覺事情有些不對勁，在那之前，我對她的精神狀況毫不懷疑。也就是說，雖然她很異常，但沒有異狀。我第一次察覺她的異狀，是在她更年期即將開始的時候。

我回憶中的她，就先寫到這裡吧。

相識的經過

如前所述，介紹長沼智惠子給我認識的人是女子大學的學姊柳八重子女士。柳女士是我在紐約的友人柳敬助先生的夫人，當時負責櫻楓會的工作。那是明治四十四年左右的事情。我在明治四十二年七月從法國回來，在父親家庭院裡的隱居處屋頂開了個空間，當成用來練習雕刻和油畫的場所。另一方面，我也在神田淡路町開了一間名為琅玕洞的小型美術店，舉辦一些新興藝術的展覽，加入當時在日本非常興盛的《昴星》一派的新文學運動。同時，宛如遲來的青春爆發，我和北原白秋[52]、長田秀雄[53]、木下杢太郎[54]等人頻繁往來，陷入相當耽溺的生活。我過著不安、焦躁、渴望，以及因為自己

52　北原白秋（一八八五—一九四二）：日本童謠作家與詩人。一九三四年受台灣總督府邀請來台觀光旅遊，離開前發表了〈台灣青年之歌〉、〈台灣少年行進歌〉、〈林投節〉等詩歌作品，也曾為台灣多所學校創作校歌，包括日治時期的台北第二商業學校、豐原第一小學與埔里農林學校。

53　長田秀雄（一八八五—一九四九）：日本昭和時期的詩人與劇作家。早年即因喜愛文學而投入創作，開啟十足展現自我風格的現代詩歌，《明星》雜誌認可他與北原白秋、木下杢太郎齊名的重要地位。後來開始對新興的藝術媒介產生興趣，包括劇場與電影。

54　木下杢太郎（一八八五—一九四五）：日本醫生、詩人、劇作家、小說家與美術史家，本名太田正雄，其他筆名包括葱南、堀花村，以及地下一尺生。十三歲遷居東京學習德語，浸淫在德國歷史與文學之中，後來進入東京帝國大學醫學系，隔年認識了與謝野鐵幹，加入「明星派」文藝圈開始翻譯與創作。森鷗外注意到他逐漸成熟的創作能量，曾建議專注在文學創作，但他選擇兼顧文學創作與醫學研究，順利成為愛知醫科大學教授。晚年因胃癌而逝世。

也不理解某種事物的絕望帶來的混亂日子，最終決定移居北海道，然而這個打算也立刻失敗了。我體驗到連自己也無法理解究竟發生了什麼事情的精神危機。就在這時，或許是出自身為朋友的深謀遠慮，柳敬助先生將智惠子介紹給我。她總是非常優雅、非常沉默，語尾像是要消失一般，只是盯著我的畫看，喝著茶聽我說些法國繪畫的事情，然後就回去了。我最初只注意到她擅長穿搭，優雅有品味。她絕對不帶自己的畫來，我完全不知道她畫了些什麼。當時，父親替我蓋了現在的畫室，在明治四十五年落成後，我便搬出去獨居。她為了祝賀我搬家，帶了一大盆大岩桐前來拜訪。明治天皇駕崩之後，我前往犬吠寫生。當時住在其他旅社的她和妹妹，以及另一名好友一起來找我，所以我們再次見面。在那之後，她搬到我住的旅社，我們一起散步、吃飯、寫生。可能是我們看起來很奇怪吧，每當我們外出散步時，一定會有一名旅社的女侍跟在後面監視我們，似乎是認為我們會去殉情。智惠子後來告訴我，如果當時我說了什麼不該說的話，她會立刻跳水自殺。我雖然不知道她那時的想法，不過住在那家旅社的期間，她那清純的模樣、無欲樸素的氣質，以及對大自然無邊無際的愛，都深深打動了我。在君濱海岸發現珊瑚菜時的她雀躍得像個孩子。但是當我入浴時，偶然發現她就在隔壁浴場，我不由得預感兩人之間有著某種命運的連結。她的一切都非常平衡。

不久，我開始收到她熱情的信件，我也認為除了她之外，再無可以託付真心的女性。然而，我還是幾度懷疑這種心情或許只是一時。我也警告她，一想到今後生活的苦鬥，就覺得會將她捲入其中。這時，在狹窄的美術圈子以及女性之間，開始流傳關於我們的惡質流言，對兩人的家庭都造成很大的困擾。但是，我徹底相信她，甚至該說我崇拜她。雖然惡意的聲音充斥在我們四周，我們之間的牽絆卻越來越強烈。我很清楚自己體內滿是不純的分子、混沌的殘留物，即將為此失去自信時，她總是會以清明的光線照進我的體內。

我也為她寫過這樣的一首詩：

染盡俗世紅塵的我種種身影中
你藉著幼兒的直率
方才發現我神聖的另一面
我卻不知你發現的我

我一心盼著你成為出色的審判官
我的心靈因你而樂
我相信我能夠堅守
自己陌生而熱情的肉體

將我從無可救藥的頹廢心情中拯救出來的是，她那一心一意的愛情。

我在大正二年八、九月的兩個月內，住在信州上高地的清水屋。我為了那年秋天與岸田劉生[55]、木村莊八[56]一起在神田的維納斯俱樂部舉辦的生活社展覽會，畫了數十張油畫。當時，前往上高地的人都是從島島出發，經過岩魚止，越過德本峠，要走上好一大段路。那年夏天除了和我同住的窪田空穗[57]、茨木豬之吉，剛好來爬穗高山的威斯登夫妻也在。到了九月，她帶著畫具前來找我。接到她的聯絡當天，我越過德本峠到岩魚止去接她。她將行李交給嚮導，一身輕便地上了山。連山上人都訝異於她那麼能走。我和她一起越過德本峠，帶她抵達清水屋。上高地的風光讓她喜悅不已。在那之後，我每天都背著兩人份的畫具四處寫生。她似乎從那時候肋膜就開始疼痛，但是在山上的期間並未惡化。在山上時，我第一次看見她的畫。她的畫風特色是非常主觀地看待大自然，如果成功的話，將會十分有趣。當時的我把放眼所及的穗高、明神、燒岳、霞澤、六百岳、梓川都畫了下來。後來她臥病在床，也看了一幅我當時畫的自畫像。登山期間，威斯登曾經問我她是我的妹妹還是妻子，我回答是朋友之後，他露出了苦笑。那時候東京的某家報紙曾經以「山上之戀」這個誇張的標題，寫了我們兩人在上高地的事情。大概是把下山的人之間的流言當成根據了吧。這又讓我們的家人大感頭疼。到了十月一日，

55 岸田劉生（一八九一—一九二九）：日本大正、昭和時期畫家，以寫實的洋畫以及一九二〇年代的日本畫聞名。早年在武者小路實篤以及白樺派的引介下，認識了歐洲的野獸派與立體派畫風，後來創立「木炭會」美術社團，推廣後印象派的藝術風格。晚年對日本畫產生興趣而關注東方藝術，特別是中國繪畫與浮世繪，並開始撰寫文章，評論美學與日本繪畫等議題。

56 木村莊八（一八九三—一九五八）：日本作家、畫家，曾為谷崎潤一郎《武州公祕話》、永井荷風《濹東綺譚》等小說繪製插圖。一生關注東京社會的風情變遷，留下《東京的風俗》、《現代風俗帖》與《東京繁昌記》等作品，以平實的隨筆散文呈現懷舊之情。

57 窪田空穗（一八七七—一九六七）：日本短歌、和歌、新體詩詩人，是日本自然主義詩歌的重要作家，本名窪田通治。自東京專門學校（現在的早稻田大學）文學科畢業後，曾於數間報章雜誌擔任記者，後來回到早稻田大學擔任文學講師。

我們一起下到島島。德本峠山腳下遍地桂樹黃葉的驚人氣勢令我難以忘懷。她也經常提起那片風景。

在那之後，雙親非常擔心我。我對母親感到十分抱歉。父親和母親的夢想都破滅了。我無法利用所謂海外歸來的身分在雕刻界闖出名號，拒絕了學校的教職，也沒有娶一個出身江戶的媳婦，讓雙親完全摸不著頭緒。雖然我真心對他們感到抱歉，但還是在大正三年向他們提出想和智惠子結婚的要求，他們也答應我了。由於我住在畫室，無法在父母身邊侍候他們，轉讓土地房產的權利給和父母同住的弟弟夫妻。我和智惠子可說是孑然一身地組成了家庭。當然也不可能去什麼熱海，很長一段時間都過著貧窮的日子。

婚後生活

智惠子出身富裕家庭，或者正因如此，她將金錢看得非常淡薄，也毫不了解貧窮的恐怖。她毫不在意地看著我缺錢時找來古著店的人賣掉西服，若是廚房抽屜裡沒錢了，也只是不出門購物罷了。雖然她經常會說萬一沒東西吃怎麼辦，卻也經常說不管發生什麼事，該做的工作還是要做，對，絕對不能讓你不做雕刻。我們沒有固定收入，雖然有錢的日子也不少，然而一旦沒錢，那就是從明天開始就立刻沒有。如果一沒有錢，不管怎麼在家裡角落找都找不到。在這二十四年間，我只做過兩、三件新衣服給她。她漸漸不再穿單身時代那些輕飄飄的衣物，也不再戴裝飾品，在家裡只穿毛衣和長褲。但是即使如此，她的穿搭仍然光彩動人。我也是在那個時候寫下〈你越來越漂亮〉：

女人漸漸拋掉附屬品後
為何變得這麼漂亮呢？
經過歲月淘洗的你身體
成了飛翔無邊無際的天上金屬。

智惠子雖然不在意自身的窮困，但是娘家的沒落，仍舊傷透了她的心。她數次回娘家重整家計，到頭來還是破產。二本松町的大火、父親的長眠、繼承者的遊蕩、破滅……對她而言是難以承受的痛楚吧。她雖然經常生病，但是只要一回鄉下就能夠安然痊癒。失去老家，再也沒有可歸之處的寂寞，對她來說是多大的折磨啊。她的個性讓她沒有太多可以排遣寂寞的朋友，也可說是命運吧。她將一切都獻給對我的愛情，因而跟學生時代的朋友漸行漸遠。只剩下立川農業試驗場的佐藤澄子小姐，以及另外兩、三位好友，而且朋友之間的交流也僅僅是一年一、兩次的程度。學生時代的她相當健康，而且時常從事激烈運動，然而畢業後，肋膜老是出問題。和我結婚後的幾年終於因為嚴重的溼性肋膜炎住院了，幸好無事痊癒；但是後來可能因為在某個練習場開始練習騎馬時，引發子宮後屈，進行了切開手術，再度入院。她的盲腸也有問題，全身上下總是會有哪裡不對勁。她這半生之中，最健康的時候，大概就是大正十四年前後的一、兩年。但是即使生病，她也不會哭哭啼啼，總是非常明朗沉著。難過的時候，雖然會流淚，但也立刻就振作了起來。

我在昭和六年前往三陸地方旅行時，似乎是她精神第一次出了問題。我從未留她單獨在家，進行兩週以上的旅行，然而那次我旅行了將近一個月。我不在時，智惠子的姪女與母親前來拜訪，她聽了她們的話，似乎更感孤獨。甚至還對母親說了「自己明天就會死吧」這樣的話。隔年，昭和七年，時逢洛杉磯奧運。七月十五日早上，她沒有醒來。她應該是在前一天晚上服用了安眠藥，裝有二十五公克粉末的瓶子空了。她那對像是女童一般的圓滾滾眼睛和雙唇都緊閉著，仰臥在床上，不管怎麼叫她、搖她都沒醒來，但是她仍有呼吸，體溫也很高。岳母立刻請來醫生替她治療解毒，醫生也向警方報案，智惠子住進了九段坡醫院。警察找到了遺書，上頭只寫了對我的愛情與感謝，以及對父親的謝罪。那篇文章看不出任何精神問題的痕跡。經過一個月的療養和照護後，她順利出院了。接下來的一年，她還算健康，不過我注意到她的腦部開始出現各種問題，所以帶她去東北的溫泉地走了一圈，但是回到上野車站時，她的情況比出發前惡化許多。智惠子的症狀始終時好時壞。她一開始看到了很多幻覺，會躺在床上拿著記事本以繪畫記錄。她也記下那些時時刻刻變化不停的幻覺出現的時間，並且接二連三地畫下來讓我看，接著滿懷感激地訴說那些難以言喻的形狀和顏色有多麼美麗。經過一段這樣的時間後，她的意識徹底陷入朦朧狀態，進食和入浴都由我來處理。我和醫生都以為這是更年期的暫時現象，便讓她搬到母親與妹妹居住的九十九里濱住宅，同時服用荷爾蒙藥物。我則是一星期搭一次火車前去探望。昭和九年，我的父親因為胃潰瘍住進大學醫院，出院後在十月十日那天去世。住在海岸邊的她，雖然身體恢復健康，脫離朦朧狀態，但是腦部的退化越來越嚴重。她會和鳥一起玩，把自己當成鳥，站在松樹林角落，連續一小時大喊著光太郎、智惠子、光太郎……處理完父親的喪事後，我將她從海岸接回畫室，然而她的病情像是火車加速行進似地快速惡化。雖然接受了諸岡存博士的治療，但是她接著出現了狂暴的行為，在自家療養太過危險，所以我在朋友的介紹下，讓智惠子在昭和十年二月住進南品川的詹姆斯坡醫院，一切處置都在院長齋藤玉男博士的懇切指導下進行。更好的是，能夠讓已經是一級護士的智惠子姪女春子來照顧她到最後一刻。追憶並且巨細靡遺地寫下智惠子從昭和七年以來的變化令我太過痛苦，幸好她在醫院生活的後半段，症狀反而算是穩定。智惠子雖然因為思覺失調而無法再次創作油畫，卻能透過剪紙感受快樂與愉悅。她留下數以百計的剪紙畫，就像是她豐盛的詩歌、生活的紀錄、快樂的造形藝術、色階和聲、幽默感，也是她微妙的愛情絮語。她在這裡過著非常健康的生活，而且每次看到我都流露無上的喜悅。我看著她在此度日的期間，總是滿臉幸福的笑容，舉止高雅。最後一天，她將身邊物品整理好，將它們交給我。在急促的呼吸中，露出隱約的笑容。她一臉安詳。智惠子在我帶去的檸檬香味洗滌身心後的幾個小時，靜靜離開了世間。那是昭和十三年十月五日的夜晚。

九十九里濱的初夏

我在昭和九年五月至十二月底為止，每週都會從東京前往位在九十九里濱，名為真龜納屋的小村落。因為有精神問題的妻子借住在那裡的親戚家中，我每週會去探望她一次。千葉縣山武郡片貝村是知名的沙丁魚漁場以及海水浴場，真龜則是在它的南邊將近一里左右的海邊蕭條小漁村。

九十九里濱是從千葉縣銚子尖端的外川開始，到南邊太東岬為止的海岸線，是一道近乎直線，看似大弓弓身的平緩曲線。在那長達十幾里的平坦沙灘上，沒有任何遮蔽視野的事物，是太平洋岸一片奢侈至極的海灘。真龜就恰好位在正中央。

我從兩國搭火車到大網站，再由此搭公車前往名為今泉的海邊村落，其中會穿過大約兩里左右的平坦水田。五月的時候，水田的水平線會上升到最高，四處都有降落其中的白鷺鷥身影。白鷺鷥總是一小群、一小群地出現，讓水田有種恰到好處的日本畫風情。我會在今泉四辻的茶店休息一會兒，再搭上前往片貝的公車。行經距離目的地不到一里的真龜川後，就會抵達真龜。從村落穿過海灘邊的小徑，進入種植黑松樹的防風林。妻子借住的親戚家就在這座防風林裡的低矮沙丘上。客廳的前方是一望無際的沙灘，兩、三戶小漁家的屋頂散布各處，可以看見白色波浪打上九十九里濱的岸邊。蔚藍的太平洋就像高聳的堤防，沒有盡頭的水平線將風景切成兩半。

我在早上從兩國站出發，總是在下午兩、三點左右抵達這座沙丘。我會拿出一週份的藥物、點心、妻子喜歡的水果，而妻子會以灼熱的呼吸開心迎接我。我總是先帶著妻子在沿著沙丘種植的防風林中散步，然後在低矮松樹零星散布的沙丘坐下，一起休息。五月的太陽斜斜落在白沙上，微風帶來海水的香味，輕輕搖晃著松樹樹枝。我享受著甜美的空氣，不禁感到飄飄然。五月也正好是松花的盛開期，黑松樹剛冒出新芽，前端是小巧的黃色單性花球，猶如稻穗，彷彿隨時都要掉落。

我第一次在九十九里濱的初夏看到壯觀的松樹花粉四處飄散的模樣。防風林的黑松花成熟之際會乘著海風，黃色花粉飄散的壯觀程度甚至令人恐懼。中國的沙塵捲起的是黃土，據說是昏天暗地、渾濁不堪，松樹乘風飛揚的花粉令人聯想起沙塵，然而這些飛揚的花粉帶著明亮的透明感，散發著難以言喻的香味，乘著風填滿了整個空間。在風勢最大的時候，花粉甚至會飄到客廳裡。我輕輕拍掉沾在妻子浴衣肩上的花粉站了起來。妻子挖掘著腳邊的沙子，收集松露球。隨著太陽西下，海浪聲越來越大。鴴鳥在海邊走走跑跑。

智惠子的剪紙畫

我聽人說精神病患者適合做些簡單的手工，便在智惠子入院半年後，情緒終於稍稍冷靜下來時，帶著她以前喜歡的千代紙去探望她。智惠子非常開心，用那些紙摺了千羽鶴。後來每次去探病時，從房間天花板垂吊而下的美麗千羽鶴逐漸增加。慢慢地，智惠子開始做些除了鶴之外的東西，像是紙燈籠，或是其他造形。這些充滿巧思的作品，掛滿了她的病房。有一次，智惠子將一個紙包遞給前去探病的我，要我打開來看。我打開一看，裡面是她小心翼翼包裹、以剪刀裁剪色紙拼貼出來的美麗剪紙工藝。我大感訝異，因為這是遠超出紙鶴水準的出色藝術品。看到我如此感嘆，智惠子滿臉不好意思地笑著向我道謝。

當時，她手邊有什麼紙就拿來用，不久之後，開始對色彩有強烈的要求，希望我帶色紙給她。我立刻去丸之內的榛原買了許多小孩用來摺紙的色紙讓她使用。智惠子的「工作」就此開始。根據護士的說法，除了感冒、發燒之外，智惠子每天都會「工作」，一早起來就不斷做剪紙工藝。她用的剪刀是剪指甲用的，尖端有點彎曲的小剪刀。她一手拿著剪刀，盯著色紙看了好一陣子後，便暢懷地剪起紙來。她會把紙張對摺或是四摺，再下刀裁剪，打開一看後，就會是對稱的花紋。她剪出的花紋充滿獨特的趣味。一開始是單色的剪紙，後來漸漸地，她開始以複雜的心思留意色彩的配合、色彩數量的均衡、布置的比例等等，對她而言，紙張就像是她的畫布。她會在一張剪紙貼上另一張色紙，色彩的調和與對照洋溢著特殊的風格，就像是十二單衣上的色彩重疊那般美麗。有時候，她會重疊同樣的顏色，或是以相近的顏色構圖，甚至剪出立體線條等等，運用了各式各樣的技巧。她會將有著立體線條的色紙貼在另一張紙上，透過上方紙張的線條隱約看見下方紙張的顏色，有著難以言喻的美麗。智惠子將觸目所及的事物都當成題材發揮。如果送餐時，不拿紙張將餐點內容做成畫，她絕不會拿起筷子。她也經常因此很晚才吃飯，造成護士的困擾。這些上千張的剪紙畫全都是智惠子的詩歌、智惠子的情緒、機智、生活紀錄，是她對這個人世的愛的證明。我永遠忘不了，智惠子給我看這些畫時，她那害羞又開心的臉孔。

（以上三篇由張筱森　譯）

日本詩歌的特質

詩藝術的成立，是由於語言本身即是藝術，離開了語言，詩藝術就不復存在。孕育詩的「詩境」，以及詩所誕生的「詩精神」（詩魂）雖存在，但並非詩藝術本身。也因此常被提及的無言之詩、沉默之詩、沒有語言的詩等，實際上並不存在。有詩之處，必然存在語言。詩的問題，亦即語言的問題，不依循著語言來談，就無法談詩。

因此，要思考日本詩歌的特質，就必須窮究日語的特質。

然而，思考日本詩歌的特質本身相當困難，那困難是源自於時至今日，日語本身的特質仍未被探究清楚。

日語的由來也尚未有統一的學說，有一方說是烏拉爾・阿爾泰語系（服部四郎博士等）；也有另一方的說法是來自孟・高棉語族的南方語（安田德太郎博士等），至今未有定論。

關於日語的語源研究，有木村鷹太郎所說的希臘語之說，有與謝野寬的漢語說，也有河口慧海的西藏語之說。每一個學說都有部分可信之處，但尚未能完整為人取信。因為連語源都如此，歷史上的日語發展變化的各種現象分類和系譜也尚未完整，就連型態、音韻與語脈上的研究也還沒集大成。

在這樣情況之下，想要淺顯易懂地談日語詩歌，將遭遇各式各樣的困難。這篇文章原本就不是談歷史的文章，因為我想這是以現代為主軸性質的文章，所以過去日本詩歌上的諸多問題先暫時擱置。

日語的特質

世界各國語言之中，日文算是相當特殊的。日本詩人常常將「言靈多幸之國」掛在嘴上，稱讚日語之美。這是一種認為「不論是哪個國家的人都能理解自己國家語言」的想法，德國人也說德語是世界上最美的國語（坎培爾博士），法國人、英國人似乎也紛紛認為，若非法語、英語，就無法傳達出細微表現，絕對不只有日本才是「言靈多幸之國」。不過，無非是對於日本人來說，存在著只有日語才能傳達的美。

若將日語文法與他國語言比較的話，會發現有以下異同：

（日語）（我）你 把這朵花 給

（西歐語）我 給 你 這朵花

（華語）余 予 此花 汝

在他國語言中，「給予」這件事，非常迅速地便能明瞭，但日語之中，是否為「給予」，須等到句子末端才能得知。因此，日語中存在這種拖拉著意義的（緊張感）樂趣。取而代之的是，意義容易變得很曖昧。特別是發出聲音訴說時，有時最後的意義變得難懂，有時也出現刻意將意義變得很難懂的情形。不論是哪一種，日語似乎有點曖昧、很擅長那種模糊的表現，從以前就有不把事情說清楚的傾向。這在最佳情境裡，可以讓人感覺到幽玄之美，但最糟的情境下，可能會變成讓人覺得是故意敷衍。不只是語言、觀念和思考方法也有這樣的情形。也就是說，極力避免極端徹底，具有中途模糊掉的傾向。歸根究柢這也是源自於生活本身，生活如果改變，想法和表現必然也跟著改變。而且，日語之美也會跟著變化起來。日語的敬語、階級表現語、接待應對語等複雜性最近似乎也開始出現瓦解的現象，這也是源自於生活的變化而來。

現在日語十分混亂。《萬葉集》時代或平安朝時代的日語，幾乎是耳朵一聽就能明白的語言，後來漢文混入國語之中，以眼睛閱讀才能理解的文句也變多了，明治以後，報章雜誌開始出現許多漢字型造語，這讓日語變得更加混亂。如今開始收音機廣播後，對於耳朵聆聽日語這件事似乎有了些許反省，但也還處於不知如何妥當收拾的狀態。

日語如果從聲音上聆聽，大致上是抑揚頓挫少、相對平穩的國語，並不像英語那樣剛硬。說起來還比較貼近法語，音的種類比較單調。

另外，從語詞的品數來看日語，由於許多語詞是一語多義，細微的差別語較少。相對來說，也有較能包容、融通的樂趣，但有時也會困於細緻的差別表現。很能理解學者為了製作出學術上的術語，花費許多工夫。

這樣的日語特質，全都反映在日語詩歌上。如今，日語詩歌已不是光用耳朵聽就能明白。因為詩是以眼睛閱讀印刷之物，也出現詩語應將視覺納入考量的想法，比如特意製造樂趣地使用困難漢字，或使用前所未有的斷行方式等。另一方面，也有人認為，如果詩朗讀卻不能理解會很困擾，所以創作了不論誰用耳朵聽都能明白的詩。這個問題仍有待討論。

詩型的短小

關於日本詩歌，首先令人注意到的是詩型短小。在一千兩百多年前的《萬葉集》裡，有頗長的詩，稱為「長歌」。長歌在平安時代（七九四－一一八五）後，漸漸被詩人、歌人遺忘，最後演變出三十一文字形式的和歌。到了德川時代，俳句擁有崇高的文學價值，而俳句的文字量大約只有和歌的一半。這種短小的型態，反倒被認為別有深意，時至現代就更深化其蘊含的意義。

詩型的短小這件事，也可見於日本一般的藝術，是日本人的生活型態引起的必然現象。《萬葉集》時代，是與大陸之間往來頻繁的時代，大陸的影響甚巨，日本人的生活樣式——至少在上層階級應該是與大陸齊頭並進。遣唐使制度廢止後，蜷縮在東海孤島的生活，大約持續了一千多年，直到明治維新前後，這種蝸牛般的鎖國生活，導致全體國民的生活有自足、清貧、消極的傾向，思想上尊崇著「物哀之美」，生活上採粗食主義，以至於活力嚴重退化，這反映在一般的藝術上，作品漸漸成為以微妙趣味為中心，氣韻無法悠遠恆長。詩歌也是如此，稍微長一點就喪失閱讀的氣力，結果只能專注在短小的詩型。

帝大的教授坎培爾博士曾說「日本的詩像詩的標題似的」，對於習慣長篇西歐詩歌的人來說，會有這種感覺並不奇怪。剛要展開「詩想」，日本詩歌即裹足不前。「詩想」沒有向外開展，而是向內封閉。嚴重一點，會變成像腹語般的東西，最後什麼都不寫反而才是最好的。事實上就出現了對白紙的讚嘆。

不過，由於近代人的神經變得十分敏銳、性格變得急躁的關係，詩型短小成為世界潮流，十九世紀的近代詩人愛倫坡也早就提倡短小的詩。愛倫坡的譯者波特萊爾的《惡之華》幾乎改變了近代詩的型態，《惡之華》裡沒有繆塞或雨果詩篇那樣的長詩型態，在那之後，無論是馬拉美的象徵詩或魏崙坡的抒情詩，在西歐都屬於短小的詩型。儘管詩變短，但和日本的詩歌比起來還是相當長，在日本反而還得算進長詩之列。三、四十年前，對日本俳句的簡潔之美產生共鳴的法國詩人們，創立了一種叫「俳諧」的短小詩型，雷納爾等人有一段時間熱中於創作俳諧，但不知不覺間就退燒了，看來這種短小型態，終究沒辦法充分滿足他們的能量。

因此，像日本俳句短歌的短詩，是日本獨特的詩型，比中國的五言絕句更短。即使是在型態理念上與俳句短歌不同的日本詩，還是比其他國家的詩短。有只寫一行的詩，也有只寫三、四行的詩，通常是十行到二、三十行，八百幾十行的宮澤賢治的詩（〈小岩井農場〉）較為稀有。如前所述，這只是反映了日本人生活的結果。往後與世界各民族的交流越來越頻繁，生活產生變化的話，或許詩型也會改變。會產生什麼變化倒是無法預測。是愈加在短小詩型中象徵式地結晶，或是能看到在詩作的想像力有更具活力的發展？還是兩個傾向並行？這是未來的問題。

文語與口語

文語和口語兩者並存也是日本詩歌的特質之一。嚴格來說，口語也是一種文語，並不是話語。和說話並不相同。只是接近說話時的語言、使用與說話時相同種類的文脈來書寫而已。文語的話，包括從平安時代風格的「雅語」，到漢文風格，有各種語言風格，其特徵是大致上比口語簡潔，有較深奧的含義，亦即具有餘韻的古典風格。但相對地，和現代感覺的隔閡很大，沒辦法細緻地、率直地表達生命的想法、情感或生活欲求，在這點上比較棘手。語言無法觸及內心的每個角落。

以前提到詩，就是指文語，人們一直都認為口語之類的無法成詩。大約是明治末年，中澤臨川等評論家當著我的面說：「である體裁的詩不行，放棄吧！」，我當時也是以半文語、半口語的方式寫詩，現在則只以口語書寫。

用文語寫，從格調來看確實令人感受到音樂性。過去人們不合理地崇尚音樂性，因此作品大致傾向文語。詩從音樂性妄想中解放以後，人們漸漸明白口語有不同節奏而確立了口語。

文語有文語獨特的美，現代也有以文語寫出許多好作品的詩人，也有很多人享受這些作品，但現今使用口語才能滿足的詩人較多，其中也有以說話語創作的作品。所謂口語的詩作，是會隨著時代發展而過時，最後也會變成文語，語言是活的，而且是會持續演進的吧。

日本詩歌與押韻

日本詩歌沒有中文的平仄或押韻，也沒有西歐語系的腳韻。但日語式的韻曾經存在，現今亦然。

不可思議的是，日語詩歌一直以來毋寧是避免押腳韻。自古以來，和歌中將同樣韻音疊在五七五七七的五句結尾的似乎是例外。盡可能在五句的結尾安排不同的韻。類似人麻呂的「像長尾雉尾巴那麼長的夜」的例子雖然不少，整體來說還是少數。

由於日語中沒有子音結尾的詞彙，實際上一旦押腳韻，很容易變得十分單調，詩歌恐怕會淪為千篇一律。

比起腳韻，日本詩歌更常使用頭韻和中韻，這類詞彙的使用方式，至今仍然依詩人的意思使用。在詩法上沒有固定的做法。

早前青年詩人有押韻詩運動，對日語進行了很好的嘗試。由於晨間讀詩會（マチネ・ポエチック）的努力，這是將句尾兩個音作為腳韻重複的做法。雖然做出了十分有趣的成果，那份熱情卻沒有持續，至今終究未能普及。

中文或西歐語系裡之所以有押韻，是因為押韻聽起來很舒服。讀詩的時候設想的音韻在預期的地方出現十分暢快，就像整齊的圓柱排列看起來很順暢那樣。日本詩歌的押韻聽起來順暢還是刺耳？這個問題的解法終究不是仰賴理論而是感覺。如果人的耳朵能感受到押韻的樂趣，那麼日本詩歌自然會演變成押韻詩。關於日本詩歌的押韻，還需要很多實驗。

順帶一提，關於日本詩歌的押韻，九鬼周造博士在《文藝論》中有非常仔細的討論。

日本詩歌的節奏

詩歌裡所謂的聲調是指tone，節奏或律動（簡稱「律」）則是rhythm。聲調比較直接與音調等相關，歌曲較重視舌頭觸感很好的調子或滑順的聲調，但節奏就沒有那麼表面化，問題在於由聲音固定的反覆引起的語音起伏。

整體來說，日語是語音沉穩的國語，不是像德語、英語那樣抑揚強弱很明顯的國語，自然而然節奏也沒那麼激烈，聲音的平仄也不固定，所以節奏不怎麼強烈。因此其他語言的節奏論不太適用於日語。

由於缺乏來自重音（抑揚）的節奏，音數律便成了日語節奏的基礎。照以前說法，就是指五七調、七五調、八六調等。雖然俳句的五七五、短歌的五七五七七等也是如此，但這只是計算假名字數，和聲音的單位不同，如果不更進一步細分音數加以分析，就找不出基本原則。

岩野泡鳴、福士幸次郎等詩人曾在音數律研究上做出不錯的成果，頗有參考價值，或可一讀這些詩人的書，然而音數律的處理方式，是詩人各自的選擇，自然會出現節奏上的差異。

「七」這個音數可以分成四三，也能分成二三二，或二二三等其他各種分法。假名文字的數量和音數也未必一致。以「淺草」這個詞為例，關西人發「a sa ku sa」四個音，東京人則發「a sa (kusa)」三個音，這樣的例子不勝枚舉。

如果深究音數律研究，我想或許會找到作為定型詩根據的嚴謹規則，但直到現在也還沒達成。現今被稱為定型詩的，只是不加深思地沿襲過去五七調、七五調的詩型，並未確立更精細的音律根據。定型律之所以沒有發展進化，也是因為這樣的研究還不足吧。近代裡，不少詩人企圖將外語的十四行詩形式導入日本詩，以四行四行三行三行來湊足一聯，以移植十四行詩之美，但因為日語裡沒有十四行詩風格的趣味，所以變成只是長度差不多卻缺乏韻味的詩，和十四行詩的美完全不同。寫詩的人，在潛意識的欲望裡，多少會傾向追求類似定型的東西，任誰都或多或少嘗試過，只是還找不到令人滿足的解答。

自由詩

如果不論俳句短歌，現代的日本詩大都成了自由詩。這是法語裡的「vers libre」，也就是既不押韻亦不受音數律規範，不遵守任何詩法的詩。

大抵來說，基於自然的要求，在重音很強、語音波動很大的西歐語言裡，形成詩句一定的節奏和音數律的詩法，這個法則強力規範了詩作，不遵守法則就不能成詩，或者只要遵循這個規則，姑且能構成詩的外型。詩人的腦充滿這種規則，要擺脫相當困難。

人們幾乎無法想像世上有脫離傳承的詩。直到十九世紀末，自由思想越來越強，隨著反抗充滿規則的精神越來越激烈，加上美國詩人惠特曼的新天地之詩的影響，在詩的世界中，突破固有表現方法創作的詩人不斷登場，有些人以散文寫詩，也有些人雖然分行，但不押韻，也不固定音數，以完全自由的形式寫詩，此即自由詩運動。然而，對西歐語言來說，這是相當困難的作業，難在既要同時是自由詩型，又要同時保持原有詩型的美感。在曾經寫過自由詩的詩人裡，由於快感的不充分或無法滿足微妙的詩感，很多人可能會在某個時刻又轉回去原有的詩型。即使是在現代，自由詩也只不過是占據詩型中的一部分。

日本定型詩法的魅力沒有西歐語言強烈，自由詩的魅力反倒更能捕捉一般人心。現在小學生寫的詩也是自由詩，老詩人寫的詩也是自由詩。

問題是以自由詩型態所寫成的一首詩，要如何判斷是詩或不是詩。形式上來說都相同，如此一來，這樣是詩、那樣卻不是詩的判斷基準為何？這看似極為基礎的問題，反而很難回答。

現今日本稱之為「詩」的事物，一言以蔽之就是裸詩，沒有穿著任何衣物。因此，詩本身直接表現成語言，就是詩，詩如果只是無法直接感受到的語言並列，那就不是詩。詩是一種能量，從一篇詩的全體所發散出來的（放射物）是詩的本體，所書寫的事物、情感與理性僅僅是那為了放射的媒體。之所以說「詩是一種批評」，這並不是從理論而來的，而是指的是對某種人類生活衝撞式的能量所放射的顏色、回響和節奏的批評。

也有人試圖賦予自由詩根據、導出內在律的曖昧想法。但那充其量也只是喊出內在律，沒有人說明過那內容和法則。

最終考量日本詩歌的特質時，一方面，在俳句短歌具傳統的定型詩歌出現現代式的進步，另一方面，日本獨特的裸詩，如今處於逐漸發展、變化之中的狀態，今後將如何彙整，或是無法彙整呢？以及，詩風上的新舊、分類上的抒情詩、敘事詩、象徵詩、影像詩、抽象詩、超現實詩、劇詩或收音機詩等其他各式各樣的詩的理念，將會如何繼續改變樣貌呢？這些問題至今仍無法找到解答，也因此，它們作為有趣的問題，仍舊深深吸引我們的關切。

一切必然是伴隨著日本人今後的生活、身體感受上的改變持續前進。這是根本。

昭和二十九年（一九五四）一月

（劉怡臻　譯）

高村光太郎年表

一八八三年	出生	三月十三日出生於東京府東京市下谷區下谷西町（現東京都台東區東上野）。父親是木雕家高村光雲。
一八八七年	四歳	遷居至下谷區仲御徒町一丁目六十一番地。
一八八八年	五歳	四月，就讀練塀小學。父親贈與小刀，開始練習木雕。
一八九〇年	七歳	四月，遷居至下谷區中町三十七番地。轉學至日暮里小學。
一八九二年	九歳	四月，開始下谷小學的高等小學課程。十一月，遷居至本鄉駒込千駄木林町一百五十五番地。
一八九六年	十三歳	三月，完成高等小學課程。四月，開始共立美術學校的預備課程，同時開始學習中學課程。完成浮雕作品「兔」、「鼠」以及「青色葡萄」。
一八九七年	十四歳	八月，完成共立美術學校預備科課程。九月，就讀東京美術學校預備科，開始培養閱讀、英語、小提琴、歌舞伎、清元、寄席等興趣。

一八九八年	十五歲	三月，校長岡倉天心因美術學校事件辭職，短暫中斷學習。九月，進入雕刻科本科一年級，開始參與森鷗外的美學課程以及黑川真賴的日本史課程。完成浮雕作品「羅漢」。
一八九九年	十六歲	參與同學的雜誌刊物，撰寫旅遊文章。完成木雕作品「兔」。
一九〇〇年	十七歲	投稿《杜鵑》雜誌。結識與謝野鐵幹，進入新詩社。五月十日至三十日，雕塑會第一屆展覽會於上野公園五號館開展，發表作品「觀月」。十月，於《明星》雜誌發表短歌作品。後來陸續發表重要的短歌、新詩、戲曲、翻譯等作品。
一九〇二年	十九歲	完成東京美術學校課程，進入研究所。
一九〇三年	二十歲	首次認識奧古斯特・羅丹的雕刻作品。
一九〇六年	二十三歲	二月，前往美國，在紐約擔任雕刻家格桑・博格勒姆（Gutzon Borglum）的助手，就讀美術學校夜校課程。
一九〇七年	二十四歲	前往倫敦，結識了英國藝術家伯納德・里奇（Bernard Leach）。
一九〇八年	二十五歲	前往巴黎。
一九〇九年	二十六歲	決定在結束旅遊義大利之後回國，在日本開始介紹前衛藝術。
一九一四年	三十一歲	發行詩集《道程》，與智惠子結婚。

一九二五年	四十二歲	母親過世。
一九二六年	四十三歲	拜訪文學家宮澤賢治。
一九三四年	五十一歲	智惠子思覺失調症惡化。
一九三六年	五十三歲	為宮澤賢治墓碑題詩。
一九三八年	五十五歲	智惠子於南品川詹姆斯坡醫院十五號病房過世。
一九四一年	五十八歲	《智惠子抄》出版。
一九四五年	六十二歲	四月，戰爭期空襲開始。五月，遷離花卷町，後因肺炎臥床。十月，終戰後，遷居至稗貫郡大田村山間的小村，在此創作許多詩歌與文章作品。
一九五〇年	六十七歲	詩集《典型》出版，隔年獲得讀賣文學獎。
一九五二年	六十九歲	決定製作十和田國家公園紀念碑雕像，返回東京，開始在東京的工作室獨自生活。
一九五三年	七十歲	紀念碑雕像揭幕，短暫於戶志平停留。
一九五五年	七十二歲	四月，進入山王病院。
一九五六年	七十三歲	四月，在中野的工作室過世。

日本近代文學大事記

一八八五年	明治十八年	四月，坪內逍遙的文學論述《小說神髓》出版，講述近代小說的理論與方法，提出寫實主義，影響了之後的日本近代文學。 五月，尾崎紅葉、山田美妙、石橋思案、丸岡九華等人成立文學團體硯友社，推崇寫實主義，創刊日本近代第一本文藝雜誌《我樂多文庫》。
一八八六年	明治十九年	四月，二葉亭四迷發表文學理論〈小說總論〉，補充了《小說神髓》的不足之處，兩者皆為對於日本近代小說的重要評論。 七月，谷崎潤一郎出生於東京市（現東京都）。
一八八七年	明治二十年	六月，二葉亭四迷發表長篇小說《浮雲》，此作以言文一致的筆法寫成，宣告日本近代文學開始。
一八八八年	明治二十一年	十二月，菊池寬出生於香川縣。
一八八九年	明治二十二年	一月，饗庭篁村、山田美妙等十四名文學同好共同編輯文藝雜誌《新小說》。同月，夏目漱石初識正岡子規，開始進行創作。

		四月，尾崎紅葉出版《二人比丘尼色懺悔》，登上硯友社主導地位。 五月，夏目漱石於評論子規《七草集》時首次使用漱石的筆名。 九月，幸田露伴的小說《風流佛》出版。明治二十年代，幸田露伴與尾崎紅葉並列為兩大代表作家，文壇稱作「紅露」。 十一月，泉鏡花入尾崎紅葉門下。
一八九〇年	明治二十三年	一月，森鷗外發表短篇小說〈舞姬〉，對之後浪漫主義文學的形成有極大影響。
一八九二年	明治二十五年	三月，芥川龍之介出生於東京市（現東京都）。
一八九三年	明治二十六年	一月，島崎藤村與北村透谷創刊文學雜誌《文學界》，以浪漫主義為主，對抗當時主導文壇的硯友社。
一八九四年	明治二十七年	八月，甲午戰爭爆發。 十二月，樋口一葉接連創作出〈大年夜〉、〈濁流〉、〈青梅竹馬〉、〈岔路〉和〈十三夜〉等，轟動文壇。此時至一八九六年一月，後世評論者稱之為「奇蹟的十四個月」。
一八九五年	明治二十八年	一月，學術藝文雜誌《帝國文學》創刊。 四月，甲午戰爭結束。 六月，泉鏡花於純文學雜誌《文藝俱樂部》發表短篇小說〈外科室〉，帶起甲午戰爭後的觀念小說風潮。 十二月，金子光晴出生於愛知。

一八九六年	明治二十九年	一月，森鷗外、幸田露伴、齋藤綠雨創辦雜誌《醒草》，提倡近代詩歌、戲劇的改良。 十一月，樋口一葉逝世。
一八九八年	明治三十一年	一月，國木田獨步於雜誌《國民之友》發表小說〈武藏野〉，以浪漫派作家身分展開創作生涯。 三月，橫光利一出生於福島。 十二月，黑島傳治出生於香川縣。
一八九九年	明治三十二年	五月，壺井榮出生於香川縣。 六月，川端康成出生於大阪市。
一九〇〇年	明治三十三年	四月，與謝野鐵幹和與謝野晶子創立《明星》詩刊，傳承浪漫派精神。
一九〇三年	明治三十六年	三月，國木田獨步發表小說〈命運論者〉，此作與十月發表的小說〈老實人〉筆法轉向寫實，為開啟自然主義派先鋒之作。 十月，尾崎紅葉逝世。 十二月，小林多喜二出生於秋田縣。
一九〇四年	明治三十七年	二月，日俄戰爭爆發。
一九〇五年	明治三十八年	一月，夏目漱石於《杜鵑》發表〈我是貓〉，大獲好評。 七月，蒲原有明發表詩集《春鳥集》，引領日本現代詩的象徵主義。同月，石川達三出生於秋田縣。 九月，日俄戰爭結束。

一九〇六年	明治三十九年	三月，島崎藤村自費出版小說《破戒》。此作與夏目漱石的《我是貓》並譽為二十世紀初寫實主義的雙璧。 十月，坂口安吾出生於新潟縣。
一九〇七年	明治四十年	一月，在森鷗外的支持下，上田敏等人成立文藝雜誌《昴星》，標誌著新浪漫主義的衍生。 九月，田山花袋於雜誌《新小說》發表小說〈棉被〉，為自然主義的先驅，也是私小說的起點之作。 十月，小山內薰創刊《新思潮》雜誌，引介歐美戲劇以及文藝動向，隔年三月停刊。
一九〇八年	明治四十一年	六月，國木田獨步逝世。
一九〇九年	明治四十二年	三月，大岡昇平出生於東京市（現東京都）。 五月，二葉亭四迷逝世。 六月，太宰治出生於青森縣。
一九一〇年	明治四十三年	四月，志賀直哉、武者小路實篤、有島武郎、有島生馬創刊《白樺》雜誌，提倡新理想主義和人道主義。 五月，永井荷風創辦雜誌《三田文學》。 六月，社會主義者策畫暗殺明治天皇，政府大肆搜捕社會主義者和無政府主義者，史稱「大逆事件」。幸德秋水與同夥遭逮捕審判，翌年判處死刑。

		九月，以小山內薰為首，集結谷崎潤一郎、和辻哲郎、後藤末雄等人第二次創立《新思潮》雜誌。 十月，山田美妙逝世。
一九一二年	大正元年	一月，德田秋聲的《黴》出版單行本，獲得空前的評價。一九一〇年發表的小說《足跡》也趁勢出版。兩部作品令德田秋聲奠定自然主義的地位。
一九一四年	大正三年	二月，山本有三、豐島與志雄、久米正雄、芥川龍之介、松岡讓、菊池寛等人第三次創立《新思潮》雜誌。久米正雄發表〈牛奶場的兄弟〉，豐島與志雄發表〈湖水與他們〉，皆為新思潮派的代表作。 七月，第一次世界大戰爆發。
一九一五年	大正四年	十月，芥川龍之介於雜誌《帝國文學》發表〈羅生門〉。在松岡讓的介紹下入夏目漱石門下。
一九一六年	大正五年	二月，菊池寛、芥川龍之介、久米正雄、松岡讓和成瀨正一等人第四次創立《新思潮》雜誌。芥川龍之介的短篇小說〈鼻〉受到夏目漱石激賞。 十二月，夏目漱石逝世。
一九一七年	大正六年	二月，萩原朔太郎自費出版第一本詩集《吠月》，獲得森鷗外讚賞，開拓象徵詩派的新領域。
一九一八年	大正七年	十一月，第一次世界大戰結束。同月，武者小路實篤於宮崎縣木城村發起「新村運動」，建立勞動互助的農村生活，實踐其奉行的人道主義。

一九二一年	大正十年	一月，志賀直哉開始於《改造》雜誌連載小說〈暗夜行路〉。 二月，小牧近江、今野賢三、金子洋文創刊雜誌《播種人》，鼓吹擁護蘇俄的共產革命，劃下無產階級文學時代的開始。
一九二二年	大正十一年	菊池寬創刊《文藝春秋》，致力於培養年輕作家。
一九二三年	大正十二年	一月，菊池寬創立文藝春秋出版社。 九月，關東大地震後，政府趁動亂鎮壓左翼運動者，社會主義評論家大杉榮遭憲兵隊殺害，無產階級文學運動暫時受挫停擺。谷崎潤一郎舉家從東京遷至京都。
一九二四年	大正十三年	六月，《播種人》改名《文藝戰線》復刊。 十月，橫光利一、川端康成、今東光、石濱金作、片岡鐵兵、中河與一等人創刊雜誌《文藝時代》，主張追求新的感覺。雜誌第一期揭載橫光利一的短篇小說〈頭與腹〉促成「新感覺派」的開始。
一九二五年	大正十四年	一月，三島由紀夫出生於東京市（現東京都）。 十二月，《文藝戰線》雜誌集結無產階級文學雜誌、學者，成立「日本無產階級文藝聯盟」，使無產階級文學得以迅速發展。
一九二六年	昭和元年	十一月，無產階級文學運動第一次內部分裂。「日本無產階級文藝聯盟」內部實行改組，改名為「日本無產階級藝術聯盟」。遭排除的非馬克思主義者另立「無產派文藝聯盟」，創立雜誌《解放》。

一九二七年	昭和二年	二月，芥川龍之介於文學講座上公開批評谷崎潤一郎的小說，展開一連串芥川與谷崎的小說藝術爭論。兩人於《改造》雜誌上撰文駁斥對方引發筆戰，直至七月芥川自殺。 五月，《文藝時代》宣布停刊。 六月，葉山嘉樹、林房雄、藏原惟人、黑島傳治、村山知義等人遭「日本無產階級藝術聯盟」剔除，另組「勞農藝術家同盟」。 十一月，藏原惟人退出「勞農藝術家同盟」，另組「前衛藝術家同盟」。
一九二八年	昭和三年	三月，藏原惟人為了讓無產階級文學運動者不再分裂對立，結合「日本無產階級藝術聯盟」、「勞農藝術家同盟」等團體組成「日本左翼文藝家」，之後誕生「全日本無產者藝術聯盟」。 五月，濟南事件。 六月，中村武羅夫公開發表評論〈是誰踐踏了花園！〉，公開抨擊無產階級文學。 十二月，「全日本無產者藝術聯盟」創立文藝雜誌《戰旗》，迎來無產階級文學的高峰。
一九二九年	昭和四年	三月，小林多喜二完成小說〈蟹工船〉，發表於《戰旗》雜誌。此作為無產階級文學的代表作，受到國際高度評價。 十月，橫光利一、川端康成、犬養健、堀辰雄等人創刊《文學》雜誌。

一九三〇年	昭和五年	十二月，中村武羅夫、川端康成、龍膽寺雄、淺原六朗、嘉村礒多、久野豐彥、岡田三郎、飯島正、加藤武雄、權崎勤、尾崎士郎、佐佐木俊郎、翁久允等人組成「十三人俱樂部」，號稱「藝術派十字軍」。 四月，以「十三人俱樂部」為中心，吸收其他現代主義派作家如舟橋聖一、阿部知二、井伏鱒二、雅川滉，成立「新興藝術派俱樂部」，公開反對馬克思主義，取代新感覺派，成為文壇上最大宗的現代藝術派別。 七月，小林多喜二因〈蟹工船〉遭到當局以不敬罪起訴，遭捕入獄。 十一月，黑島傳治發表以濟南事件為題材的長篇小說《武裝的城市》，遭當局禁止發行。
一九三一年	昭和六年	十一月，「全日本無產者藝術聯盟」底下的專業同盟與其他無產階級文化團體合併為「日本無產階級文化聯盟」，創辦《無產階級文化》雜誌。
一九三二年	昭和七年	三月，保田與重郎創刊《我思故我在》，反對無產階級派和現代藝術派，主張回歸日本傳統，為「日本浪漫派」之前身。
一九三三年	昭和八年	二月，小林多喜二遭當局逮捕殺害。 五月，室生犀星、井伏鱒二等人成立「秋聲會」，島崎藤村並成立「德田秋聲後援會」，鼓勵創作低迷的德田秋聲。 十月，小林秀雄、林房雄、武田麟太郎、川端康成、廣津和郎、深田久彌、宇野潔二等人重新創立新《文學界》雜誌。另一方面，舟橋聖一、阿部知二成立《行動》雜誌。

一九三五年	昭和十年	十二月，《無產階級文化》發行最後一期，隔年「日本無產階級文化聯盟」被迫解散。 二月，坪內逍遙逝世。同月，直木三十五逝世。 四月，菊池寬為紀念好友芥川龍之介與直木三十五，創立「芥川賞」與「直木賞」。前者為鼓勵純文學新人作家，後者則是給予大眾作家的榮譽肯定。第一屆芥川賞頒予石川達三的〈蒼氓〉，直木賞得獎作家為川口松太郎。
一九三六年	昭和十一年	二月，陸軍中「皇道派」的青年軍官率領數名士兵，刺殺「統制派」政府官員，包含兩任前首相，並且一度占領東京。後來遭到撲滅。此政變又稱「帝都不祥事件」。 三月，武田麟太郎、本庄陸男、平林彪吾等人創立《人民文庫》，獲得無產階級派作家的支持。另一方面，保田與重郎、神保光太郎、龜井勝一郎、中島榮次郎、中谷孝雄、緒方隆士等人創刊《日本浪漫派》雜誌，伊東靜雄、太宰治、檀一雄等人也加入其中。
一九三七年	昭和十二年	四月，永井荷風出版小說《濹東綺譚》，此作體現荷風小說的深沉內涵，也流露出對時局的消極反抗。 十二月，日軍占領中國南京。
一九三八年	昭和十三年	二月，菊池寬以促進文藝發展、表彰卓越作家為目的，成立日本文學振興會。 三月，石川達三目睹南京大屠殺慘況後，寫成小說《活著的士兵》，發表後遭當局判刑。

一九三九年	昭和十四年	九月，第二次世界大戰爆發。同月，泉鏡花逝世。
一九四一年	昭和十六年	十二月，太平洋戰爭爆發。
一九四三年	昭和十八年	八月，島崎藤村逝世。 十月，黑島傳治逝世。 十一月，德川秋聲逝世。
一九四五年	昭和二十年	八月，日本宣布無條件投降。 十二月，以秋田雨雀、江口渙、藏原惟人、德永直、中野重治、藤森成吉、宮本百合子等戰爭期間遭受鎮壓的無產階級作家為中心，組成「新日本文學會」。
一九四六年	昭和二十一年	一月，荒正人、平野謙、本多秋五、埴谷雄高、山室靜、佐佐木基一、小田切秀雄等人創刊《近代文學》，提倡藝術至上主義，邁開戰後文學第一步。 五月，太宰治在《東西》雜誌發表無賴派宣言：「我是自由人，我是無賴派。」無賴派因此得名。 六月，坂口安吾《墮落論》出版。 七月，谷崎潤一郎重新執筆因戰爭而停止連載的小說《細雪》，至隔年三月共完成三冊。
一九四七年	昭和二十二年	七月，太宰治於《新潮》雜誌連載小說《斜陽》，同年十二月出版。 十二月，橫光利一逝世。

一九四八年	昭和二十三年	五月，太宰治完成《人間失格》。此作與《斜陽》皆為無賴派體現於小說創作上的代表作。六月，太宰治自殺。同月，菊池寬逝世。
一九五〇年	昭和二十五年	六月，韓戰爆發。
一九五一年	昭和二十六年	一月，大岡昇平於《展望》雜誌發表〈野火〉，隔年出版，成為戰爭文學代表作之一。
一九五二年	昭和二十七年	二月，壺井榮於基督教雜誌《New Age》連載小說《二十四隻瞳》，同年十二月出版。
一九五三年	昭和二十八年	七月，簽署停戰協定。韓戰結束。
一九五八年	昭和三十三年	一月，大江健三郎於《文學界》發表短篇小說〈飼育〉，同年獲得芥川賞，是當時有史以來最年輕的受獎者。
一九五九年	昭和三十四年	四月，永井荷風逝世。
一九六五年	昭和四十年	七月，谷崎潤一郎逝世。
一九六八年	昭和四十三年	十月，川端康成以《雪國》、《千羽鶴》及《古都》等作品獲得諾貝爾文學獎，為歷史上首位獲獎的日本人。
一九七〇年	昭和四十五年	十一月，三島由紀夫發動政變失敗後自殺。
一九七一年	昭和四十六年	十月，志賀直哉逝世。
一九七二年	昭和四十七年	四月，川端康成逝世。

作者簡介

高村光太郎（一八八三—一九五六）

一八八三年三月十三日出生於東京府東京市下谷區（現在的東京都台東區），父親是雕刻家高村光雲，在父親的耳濡目染下自幼對雕刻充滿興趣。

一八九七年，高村如願進入東京美術學校，結識了與謝野鐵幹，向他學習新詩，並加入明星詩派，在文藝雜誌《明星》發表作品。畢業後前往紐約深造，看到格桑・博格勒姆的雕刻作品後深受感動，便向博格勒姆自薦擔任助手，過著白天工作、晚上學畫的苦讀生活。離開紐約後，他旅居歐洲，包括倫敦、巴黎等地，最後回到日本。

一九一一年，高村與畫家長沼智惠子相遇，兩人很快陷入熱戀，不久便開始同居生活。這段期間，高村出版了第一本詩集《道程》，並在詩人草野心平的引介下結識宮澤賢治。另一方面，智惠子的精神狀況開始惡化，曾試圖吞藥自殺未遂。一九三八年，智惠子不敵病魔逝世。三年後，高村將關於智惠子的詩作集結成《智惠子抄》出版。日本翻譯名家佐藤紘認為，《智惠子抄》是「日本現代詩歌史上最暢銷的作品」，作家松浦彌太郎也坦言：「我從光太郎先生的詩句中體會到了愛的偉大。愛就是生命，是人類最大的幸福。愛就是自然地流淚。」

一九四二年，以詩作〈道程〉獲得第一屆帝國藝術院獎。戰爭期間，高村開始發表讚賞珍珠港攻擊事件等頌揚戰爭、鼓舞民心的詩作。然而，一九四五年的空襲燒毀了高村位於東京的工作室，他便離開東京前往東北投靠宮澤賢治之弟清六，在花卷町近郊建小屋居住，往後七年間過著自耕自炊的獨居生活，更加致力於創作。

一九五〇年，收錄高村戰後創作的詩集《典型》出版，收錄他反省戰爭的作品，隔年獲得讀賣文學獎。高村從花卷搬回東京，一九五六年，死於和愛妻智惠子相同的肺結核病，享年七十三歲。美國史丹佛大學日文系榮譽教授上田真曾說：「對許多日本讀者而言，高村光太郎代表了『日本的良心』，有些詩人稱呼他為『日本現代詩歌之父』。」美國歷史最悠久的日本文學翻譯獎得主菲利斯・賓恩鮑姆更指出：「高村光太郎擁有足夠的才能，改變了日本詩歌的走向。」

譯者簡介

倉本知明（Tomoaki Kuramoto）

日本立命館大學先端綜合學術博士，專長為比較文學、台灣文學，曾將台灣作家蘇偉貞《沉默之島》、伊格言《零地點》、王聰威《生之靜物》的作品翻譯為日文版。現為文藻外語大學日本語文系助理教授。

幡 006 **智惠子抄**

作者	高村光太郎
譯者	倉本知明　張筱森　劉怡臻
審定	劉怡臻
封面設計	王志弘
校對	呂佳真
國際版權	吳玲緯、郭哲維
行銷	蘇莞婷、黃俊傑
業務	李再星、陳紫晴、陳美燕、馮逸華
副總編輯	巫維珍
編輯總監	劉麗真
總經理	陳逸瑛
發行人	凃玉雲
出版	麥田出版 地址：10483台北市中山區民生東路二段141號5樓 電話：(02)2500-7696 傳真：(02)2500-1967
發行	英屬蓋曼群島商家庭傳媒股份有限公司城邦分公司 地址：10483台北市中山區民生東路二段141號11樓 網址：www.cite.com.tw 客服專線：(02)2500-7718｜2500-7719 24小時傳真專線：(02)-2500-1990｜2500-1991 服務時間：週一至週五09:30-12:00｜13:30-17:00 劃撥帳號：19863813 戶名：書虫股份有限公司 讀者服務信箱：service@readingclub.com.tw
香港發行所	城邦（香港）出版集團有限公司 地址：香港灣仔駱克道193號東超商業中心1/F 電話：+852-2508-6231 傳真：+852-2578-9337
馬新發行所	城邦（馬新）出版集團【Cite (M) Sdn. Bhd.】 地址：41-3, Jalan Radin Anum, Bandar Baru Sri Petaling, 57000 Kuala Lumpur, Malaysia. 電話：+6(03) 9056 3833 傳真：+6(03) 9057 6622 讀者服務信箱：services@cite.my
麥田部落格	http://ryefield.pixnet.net
印刷	漾格科技股份有限公司
初版	2019年9月
售價	320元
ISBN	978-986-344-683-5

國家圖書館出版品預行編目(CIP)資料

智惠子抄／高村光太郎著；倉本知明譯. -- 初版. -- 臺北市：麥田出版：家庭傳媒城邦分公司發行, 2019.09
面；　公分. --（幡；RHA006）
譯自：智惠子抄
ISBN 978-986-344-683-5（平裝）
861.67　　108010364

城邦讀書花園
www.cite.com.tw

Printed in Taiwan.